JN043799

推しの継母になるためならば、
喜んで偽装結婚いたします！

登場人物紹介

ディアミド

国唯一のソードマスターで、王国軍の元帥と聖騎士団隊長を務める侯爵。独身主義者という噂があり、鉄壁の心の持ち主とも呼ばれている。人には言えない秘密を抱えている。

ブリギッド

武門の名家、グリンブルスティ子爵家の令嬢に転生した主人公。頭脳明晰、運動神経抜群で、ニーシャの筋金入り強火担。幼い頃に父が行方不明となり、体の弱い母に代わって一家の大黒柱として働く。

ニーシャ

いずれ王国を揺るがす「狂犬」として主人公に断罪される運命にある悪役。とにかく可愛らしい見た目で天使の歌声と呼ばれるクリスタルボイスの持ち主。その歌声には、とある能力が秘められているとか。

王太后
キアンの母。
キアン
王の末弟として生まれるが、王族の色を持たなかったため幼い頃に王宮から追い出され、大聖堂で司祭の道を進んでいる。
ケリドウェン
ブリギッドの恩師で、王立魔法学園の名誉教授。
クリドナ
ブリギッドの母。包容力があり、穏やかで優しい性格。
グルア
ブリギッドの弟で明るく優しい性格。ちょっとシスコンだが、反抗期突入中。

第一章　ザマス眼鏡のブリギッド

「ブリギッド・グリンブルスティ！　あなたはクビよ‼」

雇い主の妻、カット夫人が金切り声をあげて、手紙と小箱を突き出した。

小箱には有名ブランドのネックレスが入っている。

王立魔法学園中等部の受験対策専門として、通いの女性家庭教師《ガヴァネス》——一般市民の裕福な家庭の子どもたちに読み書きや算数を教える——をしているブリギッドは、銀縁眼鏡の奥からカット夫人に冷たい目を向けた。

「……人の荷物を勝手に開けたんですか？」

下品ですね、ブリギッドは小さくつぶやく。

カット夫人はカッと顔を赤くして乱暴に手紙を開くと、内容を読みだした。

「『親愛なるブリギッド嬢　あなたの髪と同じ色の美しい石を見つけました。ここにネックレスを贈ります。ぜひ妻となり、ずっと私のもとにいてください。あなたの主人　ローリー・カット』ですって！」

ローリー・カットとはこの屋敷の主人である。

しかし、鼻息荒く読みあげられても、ブリギッドは動じなかった。

「旦那様から頂いたお手紙です。でも、きちんとお断りしました」

飄々《ひょうひょう》と答える。

(こういう誤解が嫌だから、わざわざザマス眼鏡と馬鹿にされるだて眼鏡をかけて、髪もひっつめて、お洒落《しゃれ》だってしてないのに。なんでこうなるのよ……)

ブリギッドは自分の努力が無駄になり馬鹿らしくなる。

――ブリギッド・グリンブルスティ。

領地を持たない名ばかりの貴族であるグリンブルスティ子爵家の令嬢で、二十三歳。

背は小さいが胸は大きく、癖のある亜麻《あま》色の髪をひとつにまとめ、流行遅れの服装を着た垢抜けない女だ。両端の尖った特徴的なフレームの眼鏡をかけていることから、『ザマス眼鏡のブリギッド』とからかわれている。

二十歳で父オグマの死亡通知を受け取ったブリギッドは、病弱な母と幼い弟を養うため、一家の大黒柱として働いていた。

(……ま！　辞めたいと思ってたところだったから渡りに舟ね。仕事はまた探せばいいのだし)

ブリギッドはあっけらかんとしていた。

王立魔法学園の受験対策用のガヴァネスとして評価が高いため、引く手あまただからだ。次の仕事の心配はない。

王立魔法学園とは学問をはじめ、あらゆる分野において優れた教育機関である。中等部・高等部・大学部からなり、大学部を卒業できれば、国内の要職に就くことができる。

十三歳から十六歳の子どもたちが通う中等部へは数学・語学・歴史に関する筆記試験と身辺調査を踏まえて、毎年、貴族の子どもを中心に五十名ほどが入学する。

入学金や学費は高いが、学園内の安全性や人脈作り、約束された将来などの観点から、最近では成り上がりの商人たちのあいだで、我が子を入学させるのが一種のステイタスになっていた。

結果、以前よりもはるかに受験の倍率が高くなり、入学するためにはガヴァネスの力が必須だった。

「こんな有名ブランドのネックレスを受け取っておいて断った⁉　そんな言い訳が通ると思っているの？　私に隠れていやらしい！」

カット夫人に般若《はんにゃ》の形相《ぎょうそう》でつめ寄られても、ブリギッドは平然としている。

「ネックレスは転売しようと思っていました」

「この守銭奴《しゅせんど》‼　それなら手紙は何よっ！」

「紹介所に証拠として残すためです。ガヴァネスへのセクハラは規約違反とご存じなかったんですか？」

ブリギッドが答えると、カット夫人は金切り声をあげた。

「夫がアンタにセクハラしてるですって⁉　ザマス眼鏡で、地味な女に？　そんなわけないでしょ！　男嫌いだって有名だったから安心していたのに！　アンタがそのでかい胸で色目を使ったんでしょ！　この泥棒猫！」

そう言いながらカット夫人は手紙をビリビリに破り捨てる。

（これだけ怒ってたら、ネックレスは返してくれそうもないわねー。転売したかったのに）

フーフーと激しく怒る夫人のほうがよっぽど猫みたいだと思いつつ、ブリギッドはペコリと頭を下げた。

ガヴァネスは教育できるだけの躾《しつけ》を受けてきた出自の者に限られる。そのため、給金を受ける身でありながら、もともとは貴族の令嬢などが多い。雇い主より身分が高いこともある。

成り上がりの市民からしてみれば、高嶺の花だった身分の女が自分の手元にいるのである。憐憫《れんびん》と支配欲が彼らを刺激し、屋敷の主人が金や本妻の座をちらつかせて色目を使ってくることも多い。

ブリギッドがクビを言い渡されているのも、雇い主のカットが妻に隠れて色目を使ったせいで、カット夫人の逆鱗《げきりん》に触れたのだ。

（それにしたって、親の醜態《しゅうたい》を子どもに見せたら害になるとは思わないのかしらね？）

チラリと二階の窓を見ると、先ほどまで授業を受けていたカット家の娘がおびえながら様子を窺っていた。頭に生えた猫耳がヘンニャリと後ろに倒れている。

この子に猫耳が生えているのには理由がある。ここギムレン王国の子どもは十二歳になるまでは、獣人《じゅうじん》の特性——獣の耳や尻尾《しっぽ》、獣性《じゅうせい》と呼ばれる種別の本能——を残しているのだ。肉食系の獣人の場合、暴力性などの獣性を持つ。

そんな獣人の名残を失くすために、十二歳になると教会で成人秘蹟《せいじんひせき》を受ける。

国の認めた教会で神に奉納品《ほうのうひん》を捧《ささ》げ、司祭に神聖力《しんせいりょく》——神に仕える者が持つ、人々に癒しを与える聖なる力――で清めてもらい、人として生きることを誓うのだ。一般的に成人秘蹟を受けると、獣の証である耳や尾、翼などが消え、性格的にも獣性が弱まり理性的になる。

そうして獣性を失って初めて、一人前の国民として認められる。

「ちょっと、話を聞いているの!? 子どもが懐いてるからって正妻の座を狙ってたのね!! ガヴァネスのくせに令嬢らしいことは一切できず、勉強しか能がないくせに!! クビよ! クビ!!」

カット夫人が怒り続ける様子に、ブリギッドは肩をすくめてため息をつく。大人の醜い争いを子どもに見せるのは酷だと思った。

「承知いたしました」

正直ブリギッドも辟易《へきえき》していたのだ。

隙あらば二の腕を掴む振りをして胸に触ってくる馴れ馴れしい主人と、それに苛立ち家庭教師以外の仕事を押しつけていじめてくる夫人やメイドに。

「今日までのお給金をいただければ、二度とお屋敷には顔を出しません」

(あなたのお子さんの受験はどうなるか知らないけれど)

子どもには気の毒だと思いつつ、ブリギッドは言った。

その言葉を聞いてカット夫人は乱暴に紙幣を投げつけると、荒々しくドアを閉めたのだった。

「お金に罪はないのに……」

ブリギッドは小さく肩をすくめてから、お金を拾う。

屋敷の窓からメイドたちが「惨めな守銭奴《しゅせんど》没落令嬢ブリギッド」と笑う声が聞こえてくる。

ブリギッドは彼女たちを一瞥《いちべつ》すると、歩き出した。

（とはいえ、証拠の手紙はほかにもあるのよね。少しお休みをしてから、それを紹介所へ提出しよう。いくらになるのかなっ！　臨時ボーナスで推しに課金できるわ）

そう思いながら、ブリギッドはルンルンと孤児院に向かっていた。そこには彼女の生きがいるのだ。

――説明が遅れたが、ブリギッド・グリンブルスティは、転生者だ。

彼女は生まれ変わる前、三十代の独身女性だった。小学校の教員をしていたが、残念ながら過労死した。そんな前世で愛読していたＷｅｂ小説の中に転生したと気がついたのは、つい最近のこと。


一年ほど前、初夏の熱をはらむ真っ赤な夕焼けの中、ブリギッドは重い足取りで歩いていた。

ガヴァネスとして働き出して八年。未来に希望を持てず、疲れ果てていた。

（お母様のことを考えれば、妾《めかけ》になったほうがいいのかしら……。そうすれば時間ができるし、家事も介護もできるわ。うまくすれば副業も。でも、お母様は悲しむでしょうね。かといって、私を本妻に迎えてくれるお金持ちはいないでしょうし……）

将来を考えれば考えるほど、暗澹《あんたん》たる気持ちになってくる。

人生が変わったのは八年前。王宮騎士団の副団長だった父が仕事を辞めて、行方不明になってからだ。

収入は激減して、デビュタントはできず、学費を払うのも難しくなった。

中等部卒業の際、教師が奨学生として高等部への進学を勧めてくれたが、病弱な母と幼い弟を養うために、ガヴァネスとして働くことを決めた。

しかし、身分差が激しく女が働くことに懐疑的なこの世界で、世間の風当たりは強い。結婚は無理でも、楽ができると妾《めかけ》になることを持ちかけてくる人もいた。

心にもなく女を売り物にしようかと悩んだこともあった。しかし、妾《めかけ》になれば家族も誇られるだろう。日陰者として肩身の狭い思いで生きていくのはどうしても嫌だった。

だが、家族を養っていけるのか自信を喪失しつつもあった。ガヴァネスというだけで、雇用主の妻に敵視され、メイドとグルになりいじめられる。家族のためとはいえ、こんな日々がずっと続くかと思うとやるせない。

（……ただ生きるために働き、生きるために食べ……って、そんなの生きてる意味あるのかしら）

そう思うとため息が零れてしまう。

そんなとき、小さな歌声が聞こえてきた。

小鳥のさえずりのような愛らしい声だ。その小さな小さな声はブリギッド以外には届かないのか、道行く人は誰も気にしない。

ブリギッドは耳を澄ませた。控えめな歌声は、どうやら隠れて歌っているようだった。

あまりに可愛らしい声に、ブリギッドは肩の力がストンと抜け、思わず頬が綻んだ。そして、歌声に導かれるように足取り軽く歩き出した。

着いた先は、うらぶれた孤児院だった。

壊れた壁の隙間からこっそりと覗くと、大きな木の根元で、小さな男の子が膝を抱えて座り込んでいた。

月光を編んだような銀色の髪に、同じ色の三角の耳が見え隠れしている。それは、サモエドの子犬のような可愛らしさで、あまりのいとけない様子に目が釘付けになった。

小さな男の子は膝に顔をグリグリとなすりつけてから、頭を上げた。

泣いていたのだろうか。目のあたりが赤い。ゆっくり開かれた瞼の下には、空を写し取ったような青色の瞳が潤んで輝いている。あかね色の空気が男の子を切なく染める。

男の子がブリギッドに気がつく様子はなく、歌い出す。

(聞き慣れた歌詞なのに、個性的な音程。きっと、歌が下手な人が教えたのね)

男の子が音痴なのではない。音程が外れてしまう人と、外して歌う人では歌い方が違うからだ。ブリギッドも父親が音痴で、そのとおりに歌を覚えてしまい、メロディを間違えて歌っていたからわかる。

思わず一緒に歌い出した。男の子の歌声と絡まり合い、小鳥たちのさえずりが加わり、気持ちのいい風が吹いてくる。

一曲歌い終わったとき、木の葉がパラリと男の子の頭に落ちた。

すると、男の子は我に返ったようで警戒して立ち上がり、ギュッと唇を引き結ぶ。ピンと耳を立てると、ジッと壁を見つめる。尻尾《しっぽ》はクルリと足のあいだに挟まっていた。

(見つかった！)

そう思ったと同時に、壁の穴ごしに目と目が合った。

男の子はブリギッドの存在を確認すると、力強く睨む。

ブリギッドは驚いて、壁から身を離した。

（こんな瞳、子どもの目じゃない……こんなあまりに凶悪な目ができるのは……）

その瞬間、頭の中を前世の記憶が駆け抜けた。

液晶画面上に横並びに連なった文字。稚拙ではあるが、目の離せない展開。大好きだったＷｅｂ小説の内容だ。

子どもだけに向き合っていたいのに、モンスターペアレントからのクレームや職員室でくり広げられる陰湿な政治戦に消耗して、残業で疲れ果てた彼女の唯一の救いが、隙間時間で読めるＷｅｂ小説だった。

その中でも最大の推し、悪役のニーシャに男の子はよく似ていた。

（銀の髪、青い瞳、そして孤児院……。もしかして、ニーシャきゅん？　この世界はＷｅｂ小説の中だったの!?）

そう考えると心当たりはいっぱいある。

（たしかに、国の名前も街の名前も一緒。そして、この孤児院の名前もニーシャきゅんの出身孤児院と同じ！）

そして、指折り数えてみる。

（今年の年号から逆算すれば、Ｗｅｂ小説のニーシャきゅんは今、六歳くらいのはず……。あの子は少し小さいけれど、同じくらいにも見える。ああ、そうだ！　ニーシャきゅんは子どものころ、体が小さかった設定よ。孤児で栄養不足だったたって……）

さらに、記憶を辿っていく。

（ニーシャきゅんは寂しいとき、この子守歌を歌ってた！　間違いない！　ここはＷｅｂ小説の中。そして、あの子はニーシャきゅん!!）

ブリギッドはピタッと壁の穴に顔をくっつけた。ニーシャはもう孤児院の中に逃げ込んでしまっている。

端から見れば完全に不審者だが、ブリギッドは自分の思考に呑み込まれていた。

（ニーシャきゅんは悪役だったけど、それは彼のせいじゃない。不遇な幼少期が彼を追いつめただけで、彼だって被害者よ）

Ｗｅｂ小説の中のニーシャは貧しい孤児院で、愛を知らずに育つ。そして、闇に落ちていく。成人秘蹟で抑えきれなかった獣性を抱えた彼は愛を求め、むやみな暴力をふるうのだ。

カリスマ性のあった彼は、成人秘蹟を受けられず社会からはみ出していた者や流浪の民を集め、犯罪組織の長《おさ》になる。

最終的に〝狂犬〟と呼ばれるようになったニーシャは、小説の主人公である大聖堂の若き司教に殺される運命にあるのだ。

（……え!?　もしかして、今ならニーシャきゅんの未来を変えられる？　私がニーシャきゅんを幸せにできるのでは!?）

ブリギッドは目の前がパァッと明るくなるのを感じた。そして、思わずガッツポーズする。

（そうよ、そうだわ‼　私の今までの苦労はきっとニーシャきゅんに出会うための試練だったんだわ！）

『待っててね！　絶対幸せにするからね‼』

決意を口にした瞬間、肩をポンポンと叩かれる。不思議に思い振り向くと、そこには孤児院の院長がいた。

『君、そこで何をしている？』

『っ！　いえ、私は怪しい者では……』

孤児院の壁の穴から覗きこむ不審な女をニーシャが通報したのだろう。しどろもどろに答えながら、孤児院の壁に背中を貼りつけるが、どう見ても怪しさ満点だ。

『素敵な歌声が聞こえてきて……それで、あの～できれば孤児院のお手伝いができたらなって……』

『はぁ……。うれしい申し出ではあるのですが、身元が不確かな方はねぇ。子どもに何かあってはいけないし……』

見定めるかのように、孤児院の院長は胡乱《うろん》な目を向けてくる。

『わ、私、ガヴァネスをしているので、子どもたちに勉強を教えることができます！』

『ガヴァネス？』

『はい、ガヴァネスのブリギッド・グリンブルスティです。身元は紹介所に問い合わせていただければと思います』

『ガヴァネスのブリギッド様⁉　あの、合格請負人といわれる？　そんな方がどうして、孤児に』

『ここの孤児たちに可能性を感じたのです！』

もっともらしい顔つきで、ブリギッドは答えた。

完全にはったりである。モンスターペアレントと駆け引きするために磨かれた技術だ。不安そうで自信がない教師は舐められる。しかも若い女となればなおさらだ。

『孤児に可能性……ですか……？』

『はい！　彼らには無限の可能性があります！』

これは本心だった。とりあえず自分の小遣いを紙に包んで院長に手渡す。

『まずは少しばかりですが寄付を。申し訳ないのですが、我が家はあまり裕福ではなく……。かわりに無償ボランティアとして協力できたらうれしいのですが』

ブリギッドが伺いを立てると、院長はうれしそうにうなずいてくれた。

『ブリギッド様の指導を受けられるなんて、お金には換えられません！　ぜひ、お時間があるときでかまいませんので、遊びに来てください！』

『喜んでお手伝いいたします！』

手のひらを返したように喜ぶ院長に、ブリギッドは内心ほくそ笑む。

（これで、ニーシャきゅんを幸せにできるわ。まずは孤児院を少しでも暮らしやすくしなきゃ！）

顔を上げると、赤い夕日は紫に色を変えていた。細い月がナイフのように輝いている。

『まるで、ニーシャきゅんみたいな月ね』

その月はブリギッドの生きがいを示してくれているようだ。

彩りのなかった世界が、ニーシャの存在で輝きだす。白月の横で一番星が瞬いていた。


そんな出会いを思い出し、ブリギッドはホッコリとした気持ちになった。それ以来、せっせと孤児院にボランティアや寄付をおこない、ニーシャの周辺環境を整えている。

「あーあー！　それにしてもあのネックレスは惜しかったわね。転売すればお金になったのに」

思わず歯がみする。〝守銭奴《しゅせんど》〟と呼ばれながらもお金を稼ぐのは、第一は家のためで、第二は孤児院にいる推しのためだ。

ニーシャの暮らす孤児院は町の有志たちが運営しているため、国からの支援はなく寄付金頼りで、いつも経営は苦しい。ブリギッド自身も金銭的な余裕はなく、充分な寄付ができないため、どうにか資金を集められないかとアイデアを絞り協力していた。

「でも、違約金は確実に入るはず。……もしかしてそのお金が入ったら、ニーシャきゅんのお母さんになれるかも⁉　引き取れるか確認してみよう。そしてちゃんとした成人秘蹟を受けさせてあげるのよ！」

ブリギッドは気合を入れる。

「さーて、お賃金持って、ニーシャきゅんに会いに行こう！」

そして、推しの住む孤児院に向かってスキップする。

今から月に一度のチャリティーコンサートがあるのだ。

これは前世の知識を生かし、孤児院に提案したものである。コンサート自体は無料で、誰でも参加しやすいようにして、グッズ販売や募金によって孤児院の経営を助けることにした。

結果、金銭面の足しになるだけではなく、孤児と養父母を繋ぐイベントにもなっていた。

可愛らしい子どもたちが歌を歌い、演劇や演奏する姿を見せることで認知度が上がり、社会的な問題として注目を集めるようになったのだ。

（孤児だったニーシャが愛を知らずに闇落ちしてしまうなら、幼少期に愛を注いでくれる養父母に出会えるチャンスを作ればいいのよ）

本当は自分が継母になりたいが、なれない可能性もある。貧乏な自分より、もっといい環境が整えられる人が現れるならそのほうがよい。

そんなことを考えながら孤児院に着くと、まずグッズ販売で推し色のウチワを買った。もちろんすでにすべて持っているが、少しでも孤児院の売上になればよいと毎回購入しているのだ。

白いウチワには、青い文字で『こっち見て！』と書いてある。

こうしたグッズに関するアイデアもブリギッドのものだ。ウチワのほかにもショッピングバッグや、ぬいぐるみなども販売している。子どもたちとボランティアが作るグッズは好評で、最近は売り切れが続出していた。

孤児院の中庭へ進むと、簡単に作られた野外ステージの上にブリギッドの推し、ニーシャがいた。

迷子になった子犬のようにプルプルと震えながら、あたりを見回している。耳も尻尾《しっぽ》も垂れ下がり、怖がっているようだ。

(この子が将来、王国を揺るがす狂犬になるなんて信じられない)

遅れてやってきたブリギッドは最後列でウチワを振るが、目の前には黒髪で背が高い男が立っていて見えづらい。

「もう！　壁男《かべおとこ》のせいでニーシャきゅんが見えないじゃない!!」

思わず憤慨すると、前の男が振り向いてブリギッドを見た。そして、ウチワを見て不思議そうな顔をしてから、スッと脇に避ける。

「……あ、ありがとうございます」

ブリギッドは少々の気まずさを覚えながらも礼を言い、ニーシャに向かって大きな声をかける。

「ニーシャきゅーん！　こっち見て!!」

その声はちゃんと届いたようで、ニーシャがブリギッドのほうを見た。

その途端オドオドとしていた瞳がキラキラと瞬きだす。耳はピンと立ち上がり、尻尾《しっぽ》はブンブンと揺れている。喜んでいるのが、誰から見てもわかるほどだ。

……というのも、人見知りの彼はブリギッドがいるときにしか歌わない。そのことを、ブリギッド本人は知らないが。

「頑張ってー!!　ニーシャきゅん!!」

ブリギッドは必死にジャンプしながら、ウチワを振った。

ニーシャはそれを見てはにかむように笑った。そして、大きく息を吸う。

ヒタと、ブリギッドは動きを止めた。ニーシャのソロが始まるのだ。

〝天使の歌声〟と呼ばれる、澄んだ高い歌声が孤児院に響く。まるでステンドグラスから降り注ぐ光のような、優しくそれでいて華やかな声だ。

界隈《かいわい》ではクリスタルボイスと有名で、「すさんだ心を浄化する力があるのでは？」とまで言われていた。

先ほどまで震えていたのが嘘のような伸びやかな声に、周囲がシンと静まりかえる。

ブリギッドはウチワを胸に抱え、涙を流す。心にしみ入る歌声なのだ。ブリギッドだけではなく、多くの人たちがその歌声に魅了され、心を震わせていた。

ニーシャのソロが終わると同時に感嘆の吐息が満ちて、少しの間を置いてから大きな歓声が広がる。

「ニーシャきゅん……すき……」

ブリギッドはウチワを抱きしめ、うっとりとため息を零したのだった。


翌日。

柔らかな日が差し込む昼下がり、ブリギッドは孤児院の二階にいた。クビになったのを幸いとばかりに、少し仕事を休みボランティアに精を出すことにしたのだ。

（違約金ボーナスが出るんだもの。少しぐらいの推し活休日を楽しんでも、バチは当たらないでしょう？）

そう思い、推し活グッズ製作の手伝いにやってきた。

ブリギッドが作っているのは、小さなテディベアだ。推しカラーのそれは作るのに手間はかかるが、グッズの中でも好評かつ、価格設定が高くできるため利益率がよい。

ニーシャの髪に近い色の白いクマに、ニーシャの瞳の色の青いボタンで目をつけていく。

そんなブリギッドの周りには、子どもたちが集まっていた。前世が教員だったからか、子どもから好かれやすい。

幼児たちはブリギッドのスカートに纏《まと》わりつき、少しでも彼女に触れようとする。また、少し大きな子どもたちは彼女のそばで、手軽に作れて材料も安く、色の組み合わせによって簡単に推しグッズとなるミサンガを作っていた。さらに大きな子どもたちは推しカラーのウチワや、いらなくなった紙でショッピングバッグを作っている。

これらもすべてブリギッドのアイデアだ。

一体完成したところで、ひと息ついて二階の窓から外を見る。そこではミニコンサートに参加する子どもたちが一生懸命に歌の練習をしていた。

なかでもとりわけ美しい少年は、ブリギッドの推し、ニーシャである。ニーシャは子どもたちから離れ、ひとり木陰に佇んでいた。彼は群れるのが苦手なのだ。

「はぁぁ、今日も健やかですね……」

ニーシャを見て拝んでいると、孤児院の副院長がブリギッドの横に立った。副院長は優しげな祖母のような雰囲気で、子どもたちの信頼を得ていた。

「確認してみましたが、やはりブリギッド様でもニーシャとの養子縁組は無理だそうです。孤児院の決まりで、独身の方は養子縁組できないようになっているとのことです」

「そうですか、決まりですものね……」

ブリギッドはニーシャを自分の養子として迎えられないかと副院長に打診していた。

この孤児院では養子に行ったあと子どもが苦労しないように、養子縁組の条件を厳しく定めている。

また、子どもの意思も尊重していて、どれだけ条件がよくても、本人が嫌と言えば養子には出されない。ニーシャには裕福な家庭で何不自由なく暮らしてほしいと望んでいるが、人見知りが激しい彼はすべての申し出を断っていると聞く。

このままでは小説のように不幸な運命になってしまうだろうと心配していた矢先、ニーシャから『ブリギッドの養子ならいい』と言われたのだ。

ブリギッドは自分の養子になると、貧しさで苦労をかけてしまうとニーシャに説明した。しかし、彼はそれでもいいと答えたのだ。

推しの言葉にブリギッドは舞い上がった。

養父母が決まってしまえば、赤の他人である自分は会えなくなってしまう。ならば無理をしてでも、ニーシャを養子にしたいと決意したのだ。

「ブリギッド様ならニーシャのよいお母様になれると思うのですが」

副院長は残念そうだ。

「はぁ、やっぱり誰かと結婚するしかないかしら……。でも、私と結婚したいなんて人いないから、持参金をたくさん貯めないと無理よね」

「そんなことおっしゃらないで。ブリギッド様なら、よい方から愛される幸せな結婚ができますよ」

「幸せな結婚……ですか？」

転生前も独身だったブリギッドには想像ができない。生活に追われた日々で恋愛などしてこなかった。

生まれ変わっても貧乏でデビュタントすらできず、舞踏会に着ていくドレスもない。仕事ばかりの毎日で、出会うのはセクハラ親父くらい。さらに、各家庭で見せつけられる醜悪な愛憎劇に、結婚への夢はなくなっていた。

「うーん、私には無理そうです」

ブリギッドは苦笑いした。

そのときである。

木陰に佇んでいたニーシャの前に、黒髪で長身の男が現れた。そして、唐突にニーシャの腕を引っ張る。

ニーシャは嫌々と頭を振った。尻尾《しっぽ》はキュルンと足のあいだに挟まり、耳はすっかり倒れてしまう。

ブリギッドは、幼気な子どもを攫おうとする男の様子を見てカッとなる。

「天使に何をするー!!　変質者!!」

ブリギッドは反射的に叫び、窓から男に向かって飛び降りた。

(子どもに危害を加える者は、前世でも今世でも許さない！)

武闘派の家系で育ったブリギッドは父譲りの勇猛果敢《ゆうもうかかん》さに、前世の記憶が混ざり合い、この世界の常識をやすやすと越えていく。

男は驚き、思わず怯みニーシャの手を離す。スカートがバサッと広がり、下着が見えそうになるのにたじろいで目を逸らした瞬間、その両足に男の首は捕らえられた。そして股に頭を挟まれたまま、地面に転がってしまう。

(やった！　護衛侍女を目指して武術を習ってきたことが役に立ったわ！)

ブリギッドは思わず力を込めた。すると、ピクリと男の左手が痙攣《けいれん》し、パタリと地面に落ちた。

「あ、やりすぎた……かも？」

ブリギッドはソロッとスカートをめくり、確認する。

男は卒倒していた。

「……死んでないわよね？」

ブリギッドは男の鼻に手を近づけてみる。息はしているようだ。

「死んでないわね」

ニーシャが驚いた顔でブリギッドを見てくるので、安心させるようにニッコリと微笑む。そして立ち上がった。

「ニーシャくん、大丈夫だった？」

「うん」

「もう安心よ？　悪者は退治してあげたから！」

そう言うと、ニーシャはギュッとブリギッドに抱きついた。

（きっと、とっても怖かったのね）

ブリギッドはヨシヨシとニーシャの頭を撫でた。

そのとき、院長が走り寄ってきて、男をユサユサと揺する。

「だ、大丈夫ですか！　フローズヴィトニル侯爵閣下!!」

「……フローズヴィトニル侯爵？　この変質者が!?」

その名を聞いて、ブリギッドの背中にはタラリと冷や汗が伝った。男を指さし、院長に問いかける。

院長はコクリとうなずいた。

「変質者ではありません」

「嘘でしょ!?」

院長はフルフルと頭を振った。

ブリギッドはそろそろと指先を丸め、何事もなかったかのように背中に隠す。

「嘘だと言って……」

院長は悲しそうな顔をしてから目を瞑り、手を結び合わせた。

「……ブリギッド様に神の赦しがありますように……」

ブリギッドは顔面蒼白になる。

（やってしまった……！　この国最強の軍人、フローズヴィトニル侯爵閣下を倒してしまった……!!）

フローズヴィトニル侯爵は黒髪に黄金の瞳を持つ、たくましい男だ。百九十センチを超えるスラリとした長身に、鋼のような肉体、鋭い眼光の煌めきから、サーベルに例えられることもある。

誰もが振り返るほど美しく、二十七歳にして侯爵という身分。

そのうえ、王国唯一のソードマスターでもあり、ギムレン王国軍の元帥と聖騎士隊《せいきしたい》の隊長も兼任している。

王国軍とは国の軍隊で、周辺各国の脅威などから自国民を守るのが職務だ。対して聖騎士隊《せいきしたい》とは、モンスターから信者や教会を守るために作られた、二十人ほどの教会直属の組織である。

フローズヴィトニル侯爵は寡黙で無表情なことから近寄りがたいが、仕事は完璧で信頼されているらしい。

そんな皆の憧れの存在は独身主義者という噂で、どんなに美しい令嬢が声をかけても、どんなに条件のよい結婚でも、一向に首を縦に振らないという。そのため、鉄壁の心の持ち主とも呼ばれていた。

ブリギッドは彼をマジマジと見てあることに気がつく。

「あー!!　昨日のミニコンサートで前に立ってた壁男《かべおとこ》!!」

ブリギッドが指さす。

（っていうか！　原作ではニーシャを致命傷の一歩前まで追い込んだ人だ！　彼がいなかったらニーシャきゅんは主人公になんかやられなかったのに!!）

推しの敵を見て、思わず睨みつけるブリギッド。

Ｗｅｂ小説の中のニーシャは、その神をも恐れぬ所業《しょぎょう》から人扱いされず狂犬として、教会に殺されたのだ。

しかし、倒れた男を見てハッとする。現状、加害者はどう考えてもブリギッドである。

（……どうしよう。不敬だと罰せられる？　損害賠償？　慰謝料請求？　いったいいくらになるの？　いっそのこと殺して埋める？　そうよ、そうすればニーシャきゅんの安全も……）

錯乱するブリギッド。

（なら、目撃者全員殺《や》るしかないわね？　それには……）

グルリとあたりを見渡すと、そこにはニーシャがいる。

（……いいえ、ニーシャきゅんにそんなもの見せるわけにはいかないわ！）

ブリギッドは足先で、フローズヴィトニル侯爵の靴をチョンチョンと突いてみた。すると、フローズヴィトニル侯爵がムクリと起き上がる。

「ひぃぃぃぃぃ!!　お許しください!!」

ブリギッドはニーシャを抱きかかえながら謝った。

フローズヴィトニル侯爵は体についた草を払い、コキコキと首を鳴らす。

（殺されるっ！）

ブリギッドはニーシャを背にかばい、男を見上げた。

しかし、フローズヴィトニル侯爵は無表情のまま、つっけんどんに告げる。

「なんのことだ。何事もなかった」

「え？　卒倒してませんでした？」

「そんなことはない」

「いえ、私に倒されてまし――」

ブリギッドがそこまで言いかけたところ、院長に慌てて口を塞がれた。ブンブンと首を横に振っている。

そこでようやくブリギッドはハッとした。

（お貴族様の言うことは絶対ってことね？）

軍神とも呼ばれるフローズヴィトニル侯爵が、女に倒されたとあっては面目《めんぼく》が立たない。なかったことにしたいのだ。

「お前、名は」

「ブリギッド・グリンブルスティと申します」

ブリギッドは反射的に名乗る。

「……ブリギッド・グリンブルスティか……」

フローズヴィトニル侯爵がギロリとブリギッドを睨む。金色の目が獰猛《どうもう》に光る。次に、ブリギッドにすがりつきながら震えているニーシャに目を向けた。

「ニーシャ、お前とその令嬢はどういった関係だ？」

ニーシャはブリギッドを見て考える。フローズヴィトニル侯爵の怒りを買えば、ブリギッドが罪に問われると思った。

（……このおじさん、さっき『俺の養子になれ』って言った！　僕を養子にしたいってことだよね？　院長さんも口をはさめないくらいえらい人みたい。このままだと、このおじさんに連れてかれちゃうかも！　だったら……）

そして、意を決したように唾を呑んだ。

「ま、……ママ!!」

「ママ？　お前の母なのか？　お前の母は――」

「ママ！　ママ！　ママ!!」

フローズヴィトニル侯爵の言葉を遮るように、ニーシャは叫んだ。そしてブリギッドによりギュッとしがみつく。

「はぅ……。ニーシャきゅぅん……」

ブリギッドは推しからの『ママ』呼びに、キューンと胸を打ち抜かれた。思わずクラリと倒れそうになる。

そんなブリギッドをフローズヴィトニル侯爵は軽蔑するような目で睨んだ。

「お前、俺は変質者ではない。ディアミド・フローズヴィトニルだ。覚えておけ」

そう吐き捨てるときびすを返し、孤児院の中に入っていく。

ブリギッドは絶望し院長を見る。

「……今の、どういう意味だと思います？　慰謝料請求するぞってことですか？　あああ、うち、お金ないのに！　クビになったばっかりなのに〜!!」

ニーシャはそんなブリギッドのスカートをキュッと掴み、上目遣いで見る。

「大丈夫？」

心配してくれたニーシャに対して、ブリギッドは安心させようとニコリと笑う。

「大丈夫よ！　もっといっぱい稼げばいいだけだから！　ニーシャくんは心配しないで！」

ブリギッドの脳天気な返答に、院長は大きくため息をついたのだった。


翌日。

ブリギッドはガヴァネスの紹介所に向かっていた。

（もう少しのんびりボランティアしたかったけど……しかたがないわね）

昨日のフローズヴィトニル侯爵とのトラブルで、慰謝料を請求される可能性があると恐れを抱き、仕事に復帰することにしたのだ。

ブリギッドの所属する紹介所は、一流ガヴァネスのみを扱っている。賃金は一般的なガヴァネスより高く、セクハラなどの規約違反があればその家への紹介は取りやめて、違約金の支払いなどを科す。

ブリギッドは前の職場の主人からもらった数々のラブレターを、規約違反の証拠として持ってきていた。

「このお手紙、一通いくらになるかしら？　せっかくニーシャきゅんに課金しようと思っていたのに、変態侯爵への慰謝料に消えるのかしら……」

ため息をつきながら、紹介所のドアを開ける。すると、紹介所の中にいた人々がザッとブリギッドに注目した。

「ブリギッド嬢だ！　次は我が家のガヴァネスになってほしい。今までの給与の一・三倍出す！」

「いえ、私の家なら一・五倍出すわ！」

ブリギッドがガヴァネスをクビになった噂が広がっていたのだろう。合格請負人とも呼ばれる彼女は人気が高い。

「お申し込みは紹介所を通してお願いいたします。一番給与の高いところにお勤めしますわ」

ブリギッドはにこやかに笑いながらあしらうと、希望者のあいだで競りが始まる。

それを横目に奥の受付を見ると、そこには昨日クビになったカット家の主人ローリーとその妻の姿があった。

「ブリギッド嬢！　妻がすまなかった！　クビと言ったのは嘘だ！　娘の面倒を見てほしい!!　給与は今の二倍だ、どうだ!!」

「あなた！　二倍って何を言ってるの!!」

ローリーがすがりついてくる一方で、カット夫人は憎々しげに睨んでくる。

「ほら！　お前も謝れ!!　ブリギッド嬢は人気のガヴァネスなんだ！　受験の神様なんだ。代わりはいないんだぞ!!」

ローリーはカット夫人の頭をむりやりに押さえつける。

「いえ、もう無理です。家庭内の環境が乱れるほうがお子さんの教育によくないですから。別の方を捜してください」

ブリギッドはすげなく答えると、ツカツカと受付まで歩き、紹介所の会長に今までローリーからもらったラブレターの数々を手渡した。

「カット家の規約違反です」

シレッと手渡すと、会長はそれを見て顔をしかめた。

「カット様。こちらの紹介所では、今後お宅への紹介はできかねます。ブリギッドとは契約打ち切りとさせていただきます」

「……そんな!!」

「ついては、違約金のお支払いですが……」

周囲からクスクスと笑い声があがる。

その言葉だけで、手紙がなんなのかわかってしまったのだ。ローリーがブリギッドに懸想《けそう》して、恋文を渡したのだと。

「ここのガヴァネスにセクハラなんて」

「信じられない」

「成り上がりはこれだから……」

小さなささやきがローリーを責め、夫人は羞恥でワナワナと震える。

「では、私はこれで」

ブリギッドは今日中に次の仕事は決まらないだろうと紹介所から帰ろうとする。すると、カット夫人が追いかけてきた。

「アンタ!!」

カット夫人が手を振り上げる。

その瞬間、ブリギッドは内心ほくそ笑んだ。

(叩いてくれれば、さらに違約金が跳ね上がる！　それに慰謝料も!!)

叩かれるために目を瞑り体の力を抜く。体を硬くして耐えるより、叩かれる方向に受け流したほうが痛くない。

「……？　あれ？」

来るべき衝撃が待っても一向に来ず、ゆっくりと目を開ける。

そこには、カット夫人の手首を掴むとある男がいた。

「……チッ。余計なことを……」

ブリギッドは思わず舌打ちをしてしまう。せっかくの収入源が奪われたのだ。

同時に、カット夫人が男を見て息を呑む。

「っ!!　フローズヴィトニル侯爵閣下……！」

フローズヴィトニル侯爵はウジ虫を見るような目をカット夫人に向け、そのまま手を離した。

カット夫人は恐れのあまりその場にヘナヘナと座り込む。一方、周囲の女性たちは侯爵の美しさにため息をついた。

「ブリギッド・グリンブルスティ」

フローズヴィトニル侯爵はブリギッドを見た。その瞳からはなんの感情も汲み取れない。

「変態侯爵……じゃない！　閣下！　慰謝料請求であれば、場所を変えて――」

「俺と結婚するように」

ブリギッドが言いかけると、フローズヴィトニル侯爵はそれを遮って告げた。

ガヴァネスの紹介所はシーンと静まりかえり、誰もが我が耳を疑った。

王国の軍神と呼ばれるフローズヴィトニル侯爵は女性たちの憧れだが、誰にもなびかないと有名だ。

「……は？」

ブリギッドは一瞬凍りついてから我に返った。

「お前は俺と結婚するのだ。いいな」

フローズヴィトニル侯爵はそう申しわたすと、片手を上げた。

「連行せよ」

フローズヴィトニル侯爵が連れてきた騎士たちがブリギッドの両脇につき、腕を取った。

「え？　なんで？　閣下は独身主義者ではなかったの⁉　は？」

「では、参ります。ブリギッド嬢」

屈強な騎士たちはニッコリと微笑み、ブリギッドをズルズルと引っ張っていく。

「ええええええ??」

叫ぶブリギッドはそのままフローズヴィトニル侯爵家に引っ立てられていったのだった。

第二章　軍神からのプロポーズ

ディアミド・フローズヴィトニル侯爵家の執務室は飾り気のない無機質な部屋だった。

ブリギッドはふたりのマッチョな騎士に両腕を掴まれ、大人しく立たされていた。ディアミドの後ろに控える執事も、元軍人なのか老マッチョだ。

「閣下、これはいったいどういうことでしょう？」

ブリギッドはできるだけ冷静を装って、ディアミドを見た。心臓はバクバクで、頭はパニック状態だ。

彼は冷たい表情をしていて、どう見ても結婚を申し込んだ男とは思えない。

「どういうこととは？」

「先ほどは私が叩かれるのを邪魔をしたあげく、こんなところまで連れてくるとは」

「お前は叩かれたかったのか？」

変態か？　と言わんばかりの目でディアミドがブリギッドを見る。

「叩かれれば慰謝料が請求できました」

「噂どおりの守銭奴《しゅせんど》だな」

「……お褒めにあずかり光栄です」

ブリギッドは虚勢《きょせい》を張りつつ微笑んだ。

「お前のことを少し調べた」

ディアミドがそう言うと、そばに控えていた執事が紙を開き、内容を読み上げる。

「子爵令嬢ブリギッド・グリンブルスティ。二十三歳。八年前、父のグリンブルスティ子爵が行方不明となり、病弱な母クリドナと十三歳の弟グルアと暮らしている。子爵家には領地がなく、現在は王宮に仕事もない。ガヴァネスとして働いている。貧困のためデビュタント経験はなく、社交界デビューもしていない。恋愛経験なし。身長百五十三センチメートル、体重四十五キログラム、スリーサイズは――」

「ちょっと！　何を勝手に調べているんですか!!」

ブリギッドは執事の声を遮った。

「結婚相手の身辺調査は基本だろう」

ディアミドはシレッと答える。

「しかし、これはわからなかった。なぜ、ニーシャはお前を『ママ』と呼んだ？　男嫌いと有名で、恋愛経験のないお前だ。隠し子だとしても、年齢的にも不自然だ。お前はニーシャのなんだ？」

「ファンです!!」

ブリギッドは元気よく答えた。転生者だとは誰にも言えないが、前世からの古参ファンなのだ。死んでも忘れない筋金入りの強火担《つよびたん》である。

「初めてニーシャくんを見たとき運命だと思いました。彼を幸せにしてあげたい……。ただそれだけです」

ディアミドは怪訝な顔で、うっとりと答えるブリギッドを見る。

「よくわからんが、母ではないということだな？　では、とりあえず俺と結婚しろ」

「なんのことです？」

「お前は俺と結婚するのだ」

「……はっ!!　まさか昨日の慰謝料のつもりでしょうか？　我が家にお金がないからって、私の体で？　やめて！　私に乱暴する気なんだわ！　官能小説みたいに！」

ブリギッドは変態を見るような目をディアミドに向けた。

「馬鹿なことを言うな！　お前は腕利きのガヴァネスと聞いたが、礼儀作法は専門外か？」

「子女を拉致して結婚を迫る男に礼儀など必要ありません！　ニーシャくんにまで手を出して、この破廉恥《はれんち》男！」

ブリギッドの剣幕に、腕を掴んでいる護衛が噴きだした。

「俺がお前に提案するのは偽装結婚だ。夫婦関係は望まない！　男嫌いのお前にはちょうどよいだろう？」

「そんなもの、私が呑むとお思いですか!?　偽装結婚は教会が禁じているんですよ」

ブリギッドはフンと鼻を鳴らした。

（閣下と偽装結婚なんてしたら、ニーシャきゅんの継母になる夢が叶わなくなる！）

さすがに偽装結婚の分際で孤児を養子にしたいなど無理がある。

「ブリギッド・グリンブルスティ。俺はお前の弱みを知っているぞ」

ディアミドは深い声で名を呼び、ブリギッドに視線を向けた。

「は？　何を言われても閣下には屈しません！」

ブリギッドはキッとディアミドを睨み上げた。今までだって散々いろいろ言われてきたが、すべて受け流してきたのだ。今さら脅されようが、怖くはない。

勝ち気なブリギッドに、ディアミドの胸は高揚する。久々に強敵を見つけたような興奮が身を包んでいた。

「そうか……。残念だ。俺と結婚すれば、偽装妻代として毎月今の給金の十倍、賃金を払おう」

「っ!!　そ、それは……」

ブリギッドはその条件に唾を飲み込んだ。ガヴァネスを続けていても、その給与はもらえまい。

しかし、ブンブンと頭を振る。

「そんな、金で私が買えるとでも？　これでも子爵令嬢のプライドはあるんです!!」

内心はお金が欲しい。金にならないプライドよりお金が重要だと、そう思っている。けれど、ニーシャを養子にする夢は諦められない。

「そうか？　それに……子爵家の借金はすべて侯爵家で肩代わりする」

「……くぅ！　ひ、卑劣な……！」

ブリギッドは顔を赤らめ視線を逸らす。

陥落《かんらく》寸前のブリギッドの両腕を掴む騎士のひとりは、「何を見せられているんだ」と小さくぼやく。

「まだ足りないのか？　欲張りな女だな……。なら、しかたがない。これもくれてやる」

「……や、やめ！　もう、これ以上は……」

「は、もう無駄だ。お前は俺を怒らせたからな」

「っぅく、私は……それでも……屈しない……」

ブリギッドは唇を噛み、ディアミドを睨んだ。

ディアミドはなぜだかドキリと胸が高鳴る。

（なんだろう……この女、泣かせてみたい……）

初めて持った感覚がゾクゾクと背中を駆け上がっていく。

（予定外だが……この女を泣かせるためなら、かまわないだろう）

ディアミドは予定していた以上の条件を示す。

「弟のために、貴族の通う王立魔法学園の推薦状を書いてやる。学費はもちろん、進学に関わるすべての費用は侯爵家が支払おう」

「っあ、はぁん！」

ブリギッドはぐらついた。

弟のグルアは現在、軍隊入隊を目指す国王軍幼年学校にいる。

王立魔法学園に入学するためには試験以外に家庭調査と面接があり、母子家庭で貧しいグリンブルスティ家は不利だった。それに入学金も払えない。

そのためグルアは王立魔法学園中等部の受験を諦めたのだ。

幼年学校を卒業したあとは軍属につくが、国王軍の士官になるためには、王立魔法学園を卒業しなければならない。このままだと、グルアは一生を一兵卒で終えることになるだろう。

だが、ディアミドから推薦状をもらえたら、王立魔法学園への編入も可能だ。弟の未来を考えると、お金には代えられない価値がある。

さらに、受験費用から入学金、制服など諸々王立魔法学園にかかる費用はすべて支払ってくれると言っているのだ。自分はともかく、弟には惨めな思いをさせたくない。

「お前が侯爵夫人となれば、弟は没落子爵の子息としてではなく、侯爵夫人の弟として入学できる。それに、社交界で活躍できるだろう」

「あ、あ、もう、もうやめ……て……おね……が……い……もう……これ以上は……」

「いや、だめだ」

「これ以上……いったい……何を……しようとするの……」

ブリギッドの目には涙がたまっていく。あともう少しで零れてしまいそうだった。ニーシャと家族のあいだで、天秤がぐらついている。

必死に堪える姿がディアミドの加虐心を煽ることに、ブリギッドは気がつかない。

「お前の母に王宮医を送ってやる」

「つくっ、そんなっ！　だめ、それはっ！」

「ふ、これか、これがいいのか？　ならば、最先端の医療で治療し、最上級の看護を受けさせてやるぞ」

「ぁぁぁぁぁっ！　いや、そんな……、そんな、私……こんな男に屈したく……ない……のに……」

ブリギッドの目からホロリと涙が零れた。

母の病気の原因はわかっていない。貧しさゆえに医者を呼べず、市販の対処薬を飲ませるしかない生活。その薬すら思うようには買えず、庭や森で摘んできたハーブなどでごまかしているほどだ。

(私さえ偽装結婚すれば……お母様の病気が治るかもしれない……。でも、でも……ニーシャきゅんは……)

「もう、無理……私、これ以上……、ああ、お母……様……」

ガクリとうなだれる。

ディアミドはその涙を見て満足げに微笑んだ。

執事や騎士たちは、初めて見せるディアミドの微笑みにギョッとしてたじろぐ。その笑みは恐ろしいほど妖艶だった。

ディアミドはブリギッドに近寄ると、顎《あご》を持ち上げてザマス眼鏡を取った。

眼鏡で隠されていて気がつかなかったが、屈辱を堪え赤らむ頬に、震える唇。大きな黒い瞳が涙に濡れとても美しい。白い頬を涙がホロホロと転がっていく。首筋には、乱れた金の髪がひと筋張りついていた。

頑なに視線を合わせまいとするのは、最後の抵抗なのだろう。

(やはりこの女……ほかの女とは違う。触れると、なんともいえない温かな気持ちになるのはなぜだ？）

ディアミドは今までに感じたことのない胸の高鳴りを覚え、ハァとため息をつく。そして、指先で零れた涙を優しく拭った。手袋に涙がしみる。

その姿は一枚の絵画のようで、騎士たちは固唾を呑んで見守った。

「お前はほかの女と何かが違う……」

「……？」

ブリギッドは意味がわからず首をかしげる。

騎士と執事がコソコソと「今の閣下の声だよな？」「幻聴ではないですよね？」「信じられません」とつぶやいているが、ディアミドは無視して、ブリギッドの耳元に唇を寄せた。そして、そっとささやく。

「俺と結婚しろ。そしてニーシャの継母になれ。偽装結婚の期間は、ニーシャが王立魔法学園に入学するまで。……どうだ？」

そのひと言に、ブリギッドは遂に完落ちした。

「あぁぁぁぁ！　推しの継母になれるなんてっ！　お願い！　私と結婚してぇ!!」

ブリギッドの雄叫びに、騎士たちは思わず手を離し耳を塞いだ。

それはディアミドも執事も同様だ。

「私がニーシャきゅゅうんの継母……。ニーシャきゅんには何不自由なく、最高の家庭環境を用意しなくっちゃ！　今まで苦労してきたんだもの。なんの不安もなく健やかに生きていけるように……。まずはニーシャくんのお洋服ね！　ニーシャくんならなんでも似合うでしょうねぇ。上質な半ズボンに、ソックスガーター……ぁぁ尊い……」

ゲヘゲヘと気味の悪い笑いを浮かべるブリギッドに、周囲は顔が引きつってしまう。

（前世の私、どれだけ徳を積んだのかしら？　あのセクハラもパワハラも、モンペからのクレームも地獄の残業も、きっとニーシャきゅんの継母になるための苦行だったんだわ）

ブリギッドはそう思い、血走る目で執事を見た。このチャンスを逃してはならない。

「さぁ、契約書を作りましょう！　今のお話、皆様、聞いてましたよね？　きちんと契約書に盛り込んでくださいい!!」

ブリギッドの華麗なる手のひら返しに、執事は恐れおののいた。

「……旦那様、予定とはだいぶ違う条件となりましたが……」

執事はディアミドを窺い見る。

「いい。さっき俺が言ったとおりにしろ。二言はない」

ディアミドがキッパリと答えると、執事は静かにうなずいた。

「ところで、閣下はニーシャくんのなんなんです？」

ブリギッドはハタと気がつく。

「まさか、……ニーシャくんを手込めにするために私を利用して？　だったら私は結婚なんかしませんからね!!」

ブリギッドにあらぬ疑いをかけられて、ディアミドは焦る。同時に、そんなことで焦っている自分に驚く。

「違う‼　俺は、叔父だ。ニーシャは放浪癖のある兄が、旅先で作った子どもだ」

「っ！　は？　ニーシャくんの叔父様？　これは失礼いたしました‼」

（ってことは、ニーシャきゅんは狂犬じゃなく、狼だったってこと⁉　しかも、フローズヴィトニル侯爵家といったら〝狼の王〟と呼ばれる銀狼の一族よ、それじゃ、平民の成人秘蹟じゃ獣性を抑えきれるわけないじゃない！）

　ブリギッドは混乱する。

　平民に比べて貴族は獣人の能力も獣性も強いため、成人秘蹟は特殊なものとなる。強い神聖力《しんせいりょく》を持つ高位の司祭が選ばれ、儀式を強力にするための振《ふ》り香炉《こうろ》や、高価な奉納品《ほうのうひん》が必要となり、とても費用がかかるのだ。

「五年前、兄が亡くなり周辺の整理をしてみて存在がわかった。ずっと捜していたが見つからず、たまたま孤児院のミニコンサートで見つけたのだ。そこで、俺が引き取ることにした」

　ディアミドが説明する。

（原作にはなかった孤児院のミニコンサートで、ニーシャくんの正当な保護者が見つかったのね）

　ブリギッドはホッとした。ひとつ、ニーシャの運命を変えられたと思ったのだ。

「それはよかったです」

　ディアミドは静かにうなずく。

「ニーシャは侯爵家の後継者だ。なんとしても養子にしたい。しかし、独身者は引き取りができないと断られた。だから偽装結婚をして、ニーシャの継母となる相手を捜しているのだ」

「でも、なぜ、私を選んだんですか？」

ディアミドは真面目な表情のまま口を開く。

「ニーシャがお前を『ママ』と言ったからだ。話を聞けば、ニーシャは今まで養子の申し出をすべて断っているそうではないか。それに、ニーシャは俺を恐れている。養子に申し込んでも断られるだろう」

「たしかに」

「そんなとき、お前がニーシャを養子にしようと考えていると聞かされた。そして、俺からニーシャを体を張って守ろうとした。だから、ニーシャの母にはお前が適任だと思ったんだ」

ディアミドはあの瞬間を思い出し、満足げに目を細めた。

孤児のために侯爵に立ち向かうなど、ニーシャに深い愛がなければできない。それに、ブリギッドに触れられた――制圧された――とき、今までにない気持ちに包まれた。

ディアミドは成人秘蹟を受けたものの、強い獣性を残しているという秘密を抱えていた。狼の耳は消すことはできても、触れてくる者はすべて払いのけたいという衝動、他者に対する攻撃性を消すことはできないのだ。

その性質は軍人としてはよいのだが、家庭人としては不適格である。それに、抑えられない獣の心は、人として恥ずべきだという教義もあった。そのため、内密に獣性を抑える薬を司教からもらい、その見返りとして教会へ絶対的忠誠を誓っている。

しかし、ブリギッドにはそんな衝動を感じないどころか、幸せな気持ちにすらなったのだ。

(なぜなのか。この現象をたしかめてみたい)

ディアミドはそう思う。

一方、事情を知らないブリギッドは、ただただうれしかった。

(この人だったらニーシャくんを幸せにしてくれるかもしれない!)

ディアミドもニーシャの幸せを第一に考えていると思ったのだ。

「わかりました。謹んでお受けいたします。つきましては、閣下にお願いがあります」

「なんだ」

「子どもの健全な育成のためには、周囲の大人の不仲はいけません! ニーシャくんの前では、仲がいいように振る舞ってください」

「わかった」

「ニーシャくんの前で私のことをぞんざいに扱わないように! 間違っても、『お前』などと呼ばないでください」

「わかった、ブリギッド」

「よくできましたね、閣下」

ブリギッドはガヴァネスの癖で、子どもを褒めるように微笑んだ。

それを聞き、ディアミドは目をしばたたかせた。強面の軍人、鉄壁の侯爵である彼にそのような態度を取る人間はいない。

「……コホン。ブリギッド、あなたも俺を名前で呼ぶべきだと思うが」

指摘されブリギッドはギクリとする。親戚以外の男性を名前で呼んだ経験は少ない。しかも相手は侯爵だ。

「あ、はい、あの、ディ、ディア……ミド……？」

ブリギッドはモジモジと照れながら呼んでみる。

「ああ、よいな」

ディアミドは小さく笑う。

「はぅっ……！」

ブリギッドは不意に胸を打たれた。仏頂面《ぶっちょうづら》のディアミドの希少な笑顔は、かすかに推しのニーシャに似ている。

(大人になったニーシャくんの笑顔ってきっとこんな感じよね。最高すぎない⁇)

胸を押さえてよろめくブリギッドに、ディアミドは怪訝な表情を浮かべる。

「どうした」

「いえ、ディアミドは本当にニーシャくんの叔父様なのですね……。よく似てらっしゃいます」

「髪も目も色が違うが」

ディアミドは自嘲した。黒髪と金の瞳はコンプレックスだからだ。フローズヴィトニル侯爵家の後継者は、代々銀髪に青い瞳だと決まっている。

「笑ったところがそっくりですよ」

「俺はニーシャに似ているのか……」

ディアミドは小さくつぶやく。そのひと言でなぜか心が軽くなった。ひとつうなずいてから、ブリギッドに告げる。

「まずはブリギッドの家族にご挨拶し、婚姻契約書を教会に提出。その後、ニーシャを迎えに行こう」

ディアミドの言葉にブリギッドは席を立つ。そして、軍隊式に敬礼した。

「不肖《ふしょう》ブリギッド、ニーシャくんのために、最善を尽くさせていただきます!!」

その様子に、ディアミドは思わず噴きだした。

「どこの隊に所属だ？」

「ニーシャくん親衛隊です!!」

ブリギッドは胸を張って答えると、ディアミドは声をあげて笑った。

騎士たちは女性との会話だというのに珍しく楽しげな様子のディアミドを、ニヨニヨした目で眺める。

「あ！　……でも」

ブリギッドは思う。

(うちの実情を見たら結婚契約自体を反故にされないかしら。そうだとしたら……困るわ)

グリンブルスティ子爵家の惨状をディアミドに見られたくない。父が行方不明になってから、メイドなどは解雇し、母子三人で暮らしている。使わない部屋は閉鎖し、使用している部屋しか掃除はしていない。

（それに、私はいくら馬鹿にされてもいいけれど、お母様と弟が馬鹿にされるのは耐えられない）

そう考えると、どうしてもディアミドが自宅にくるのは阻止したかった。

「親には私から伝えるので、挨拶は大丈夫です！　お手数ですし」

「いや、きちんと結婚の挨拶に行くべきだ」

ディアミドはブリギッドの正面に腰かけ、真剣な眼差しを向ける。

「いえ、そこまでしていただかなくても……。書類だけ出していただければ……」

「本来なら一年前には婚約し、盛大な結婚式を挙げるべきなのだ。それを書類だけですまそうとしている以上、こちらの誠意をみせなければ」

生真面目な顔で、ディアミドは言い切った。

（……義理堅く真面目なんだから……）

ブリギッドは困りつつ、真っ直ぐなディアミドを好ましく思う。一瞬流されそうになり、ブンブンと頭を横に振った。

「いや、でも、大丈夫です！」

「そういうわけにはいかない」

「だって、偽装結婚なのに……」

「だからこそ、きちんと挨拶すべきだ。偽装結婚という不誠実な関係ではあるが、それ以外のところでは俺は誠実に努めたい。頼む。挨拶をさせてくれ」

ディアミドは黄金の眼差しでブリギッドをジッと見つめた。

「……頼む」

だめ押しのように頭を下げられ、ブリギッドは押し切られてしまった。それからディアミドが契約書を早速作成してくれた。

「契約書の確認だ」

ブリギッドは契約書の内容を復唱する。

「期間はニーシャくんが王立魔法学園中等部へ入学するまで……えーっと、七年契約ってことですね？」

「そうだ」

「妻としては愛せない……初夜の儀式では体を合わせない。はいはい。私もいりません」

ぞんざいなブリギッドの言い方に、ディアミドはなぜかムッとしてしまう。

「社交界には妻として出席する……ニーシャくんが社交界になじむには必要でしょうね」

「ああ。それに、離婚前提だと思われたら困る。教会は政略結婚を認めていても、偽装結婚を禁じているからな」

「……今さらながら、突然の結婚は怪しすぎません？　絶対に養子を取るための結婚だと思われますよ？」

「なら、俺があなたに惚れたことにする」

業務的に答えるディアミドを見て、ブリギッドは訝しむ。

「そんなこと閣下にできるんですか？」

ディアミドは無表情でうなずく。

（……いや、無理でしょ？）

ブリギッドは思ったが追及するのはやめた。そんなことよりもニーシャの継母になるほうが大事だ。

「あと、私に対する支払いは条件どおり……と……」

「離婚の際には財産分与もする。確認して問題なければサインを書け」

ブリギッドは勧められるまま羽根ペンをインクにつけた。そして、ハタとディアミドを見る。

「……あの、閣下は本当にこれでよろしいんですか？　あまりに私にだけ条件がよくて……」

「侯爵家にすればたいした金ではない」

「それに……その……、閣下であれば私でなくても、ほかのご令嬢と愛し愛される結婚ができるのでは……？　そういう方と結婚してご自身のお子様を得て、幸せな家庭を作ったほうがよいのでは？　閣下のお年ですと、七年は長いのではないかと」

「俺は子どもを作る気がないからな。そんな男と結婚したら子どもが欲しい女には迷惑だろう」

ディアミドは当たり前のように言う。

「なぜ、お子様を欲しがらないのですか？　まさか……やっぱり……少年がお好きなのでは……」

ブリギッドは自分の顔が青ざめていくのを感じる。ただ継母になるだけではだめだ。ニーシャにとってよい環境を用意したい。自分の欲のために、ニーシャを幼児性愛者の犠牲にするわけにはいかない。

「違う!!　俺の子どもがいる状況は、ニーシャにとってもよくない。権力争いに巻き込ませるつもりはないいんだ」

「なぜ、そこまでニーシャくんを後継者に？」

ディアミドの説明にブリギッドはホッと胸をなで下ろしつつ、不可解でならない。

いくら兄の子どもだとしても、母のわからぬ子どもであれば庶子扱いになる。それに今の侯爵はディアミドだ。普通に結婚し、自分の子を後継者にすればよい。頑なにニーシャにこだわる理由が見当たらない。

（もしかして、女性を愛せないのかしらね？　鉄壁と言われるほど女性を避けるもの。そういえば、閣下と司教猊下《げいか》のラブロマンスの噂を聞いたことがあるわ。私はどちらかといえば逆だけど……。どちらにしても眼福なのは間違いない！）

前世のブリギッドはＢＬを嗜んでいた。

「お前、ろくでもないことを考えているな？」

ディアミドが睨むと、ブリギッドはブンと頭を振る。

「いえ！　私、理解のあるほうだと思います！　秘密の恋をなさっているのなら応援いたします！　私を隠れ蓑に使ってください！」

ギュッと拳を作って応援するように胸の前で手を振るブリギッドを見て、ディアミドはため息をつく。

「秘密の恋などではない。フローズヴィトニル侯爵は代々銀髪に青い目と決まっている」

そう言って壁にかけてある侯爵家の紋章に目を向けた。青い瞳が輝く銀狼の紋章だ。

「それ以外の者は侯爵としての能力が不完全なのだ。本来、侯爵には兄がなるはずだった。俺は代理で預かっているだけだ。だからこそ兄の子であるニーシャを侯爵家の後継者として育て、爵位を返そうと思っている」

ディアミドは侯爵家の後継者としては不完全、そのうえ成人秘蹟も不完全だ。そのため自分の子孫を残さないと決め、『独身主義者・恋すら鉄壁』と噂されても結婚を避けてきた。

「……でも、ニーシャくんのお母様は……」

ブリギッドは言葉を選ぶ。

「ああ、どこの者かわからない。しかし、兄の選んだ女だ。間違いはない。フローズヴィトニル侯爵家の男は一度女と愛し合ったら、その女しか愛せない。だから慎重に選ぶものだ」

ブリギッドはディアミドを眩しく見た。

「閣下って……いい人だったんですね……」

「どういう意味だ」

「強引で、俺様で、お貴族様のいけ好かない人かと思ってたんですけど、ニーシャくんのことをそこまで思ってくれているなんて……」

「馬鹿にしているのか」

「尊敬しています」

ブリギッドが天真爛漫にそう答えるので、ディアミドは怒気をそがれた。
そんなディアミドをよそに、ブリギッドは嬉々として契約書にサインをした。
ディアミドもそれに自分の名前を書く。
各々一通ずつ保管し、ディアミドとブリギッドの偽装結婚契約は成立したのだった。

第三章　偽装結婚いたします

翌日。

ディアミドはグリンブルスティ子爵家へやってきた。

門にすえられた子爵家の紋章、いぶし金の猪だけがいやに目立つ。今ではおちぶれてしまったが、グリンブルスティ子爵家は、〝黄金の猪〟と呼ばれる武門の家系だ。猪の獣性を持ち、嗅覚が鋭く力が強い。猪突猛進な性質で正義感が強く武勇に優れていた。

その先の庭は手入れが行き届いておらず荒れ果てている。一見すれば幽霊屋敷だ。ブリギッドは玄関の前に立ち、ディアミドを迎え入れた。

ブリギッドはチラリとディアミドを見た。屋敷の状況を知って驚いているのではないかと思う。

（驚くぐらいならまだいい。呆れられたらどうしよう。私が馬鹿にされるのは慣れているから、かまわない。でも、世間擦れしていないお母様たちはきっと傷つくわ）

ブリギッドはそう心配するが、ディアミドは眉ひとつ動かさない。まるで自宅の門をくぐるときのような仏頂面《ぶっちょうづら》だ。

その様子に、ブリギッドは泣きたくなるほど安心する。

（ディアミドはこんな屋敷を見ても馬鹿にしないのね。……ほかの貴族とは違うんだわ）

ブリギッドはディアミドを見直した。

しかし、実のところディアミドは子爵家の惨状に胸を痛めていた。

（これは、きちんと整備させなければいけないな。執事に命じて、侯爵家の使用人を在駐させよう）

そんな内心を悟られないように、表情を隠す。

王宮騎士団で副団長を務めていたブリギッドの父は、その勇猛果敢《ゆうもうかかん》な振る舞いで尊敬を集めている人物だった。

その実力は王族にも認められていて、ディアミド自身も若いころに訓練をつけてもらったことがある。だからこそ、ブリギッドとの契約とは別に、子爵家をなんとかしてやりたいという思いが芽生えていた。

（ブリギッドは遠慮するだろうが、契約の範囲だと言いくるめてしまえばいい）

ディアミドがそんなことを考えているとはつゆ知らずのブリギッドは彼を客間に案内する。

中に入ると、そこはいつも以上に綺麗に整えられており、花まで飾られている。テーブルには、母が作った焼き菓子と、弟が挽き淹れてくれたコーヒーが用意されていた。

いつもはタンポポコーヒーや庭のハーブで作ったお茶を飲んでいる子爵家だが、ディアミドはコーヒーが好きだと聞いて準備してくれたのだろう。

ふたりが心を尽くしてくれたのがわかり、ブリギッドは鼻の奥が痛くなった。侯爵家に比べることができないほど、みすぼらしい茶の席だが、子爵家ではこれが精一杯のもてなしだ。

しかし、ディアミドが同じように思うかはわからない。

チラリと隣を見ると、ディアミドは無表情のままコーヒーの香りを嗅いだあと、ひと口飲んだ。

グルアは憧れの軍神ディアミドが自分の淹れたコーヒーを飲んでいることに緊張しているのだろう、その表情は硬い。ブリギッドにもその緊張が伝わってきて、ハラハラとしてしまう。

(お願いだから、グルアを傷つけるようなことを言わないで――)

ブリギッドはテーブルの下で両手を組み合わせ祈る。

ディアミドは何も言わずに、ブリギッドの母が焼いたパウンドケーキを口にした。中には、ブリギッドが庭の果物で作ったドライフルーツがたっぷり入っている。ドライフルーツの甘みで、砂糖の不足をごまかしているのだ。

ディアミドは無言のまま咀嚼し、またコーヒーを飲む。

「とても美味しい菓子だ。それに、浅煎りのコーヒーもよく合っている」

ディアミドはそう平然と言い、ブリギッドの瞳は潤んだ。母も弟もうれしそうに微笑んでいる。

それからひと息つくと、ディアミドは真面目な顔でクリドナを見た。

「このたびはお願いがあって参りました。ブリギッド嬢を私の妻として迎えられたらと願っております」

クリドナは驚いてブリギッドを見る。

「ブリギッドはどう思っているの？」

「お母様、私も侯爵閣下と結婚したいと思っています」

ブリギッドが答えると、母は満面の笑みを浮かべた。そして、目尻をそっと押さえる。

……けれども、十三歳になる弟はむくれた。

「おかしいよ！　お姉ちゃんが侯爵閣下みたいな立派な人と結婚できるわけがない‼」

「どういう意味？　グルア？」

黒いオーラを纏《まと》いつつブリギッドが微笑むと、弟は負けじと言い返す。

「だって、貧乏で、乱暴で、粗暴だもん！」

「あのね、誰のおかげで成人秘蹟を受けられたと思ってるの？」

つい先日、ブリギッドは弟の成人秘蹟費を工面《くめん》していた。

「だって、だから……！　俺たちのせいで無理してるんじゃないの？　だったら、そんなことしないでよ‼　俺、学校なんて行かない！　働くよ‼　だから、ひとりで無理しないで……」

ウルウルとした瞳を向けてくる弟に、ブリギッドは息を呑む。弟は弟なりに姉を心配しているのだと伝わってくる。そんな優しい弟の頭を撫でると、同じく亜麻《あま》色の髪が反抗するように跳ねた。

「馬鹿ね、そんなことないわ。私たち、あ、あ、愛し合ってるから！」

ブリギッドがギクシャクと答えると、弟はブンブンと頭を振る。

「そんなのありえない！　まず、侯爵閣下とお姉ちゃんが知り合うなんてありえない！　侯爵閣下は、俺たちから話しかけられる相手じゃないもん」

その指摘に、ブリギッドは返答に窮してしまう。

たしかに社交界デビューしていない子爵令嬢と侯爵には接点がない。仮にどこかで顔を合わせていても、侯爵から声をかけない限り話はできない。

そして、ブリギッドは侯爵から声をかけられるような条件を備えていなかった。美貌もなく、裕福でもなく、政治的な理由もない。

「俺がブリギッドに一目惚れしたのだ。そして結婚を申し込んだ」

ディアミドがすぐさま答え、ブリギッドはギョッとして彼を見る。

（突然何を言い出してるんですかぁ⁉）

思わず心の中で問いただす。

「一目惚れなんて嘘だ！　だってお姉ちゃん、ザマス眼鏡でダサい服着てるのに」

「俺が惚れたのはお前の姉の行動だ」

「……行動？」

「ああ、自分の身など顧みず、窓から飛び降りて、孤児を守ろうとした。その姿は美しく、まるで天から舞い降りた戦いの女神のようだった。俺はその高潔な姿に目を奪われた。あんなにも勇敢な女性を俺は知らない」

ディアミドは、ブリギッドと孤児院で再会したときの様子をありありと語ってみせた。彼にはあの瞬間、本当にブリギッドが女神に見えていたのだ。その言葉には嘘はない。

しかし、それはブリギッドにとっては黒歴史だ。

「あぁぁぁぁ、やめて、言わないで……」

ブリギッドは頭を抱えて悶えた。

「……あ、うん……。それは、お姉ちゃん、やりそう……」

グルアは納得するしかない。ブリギッドは猪突猛進型なのだ。

「人は見た目ではない。ブリギッドは心が気高く清廉《せいれん》なのだ」

「……」

グルアは黙る。

「それにな、お前の姉は美しいぞ？」

「そんなわけない」

「では楽しみにしていろ。侯爵夫人となった姉は誰よりも美しい貴婦人になるだろうから」

ディアミドが飄々《ひょうひょう》と答え、隣で聞いていたブリギッドは真っ赤になる。

(どうして平然として嘘がつけるの!?)

そう思い反論したいが、弟を納得させるためディアミドに反論するべきではない。

グルアはペコリと頭を下げた。

「侯爵閣下、とても失礼なことを申しました。お許しください。不肖《ふしょう》の姉ではございますが、どうぞ末永くよろしくお願いいたします」

「ああ、わかった」

ディアミドは満足げにうなずいた。

ブリギッドは顔が熱い。ディアミドとグルアのやりとりが、気恥ずかしかった。本当の結婚前の挨拶のようで、なぜだか幸せでくすぐったい。

そして、少しだけ胸が痛んだ。弟は「末永く」と言ったが、それは守れそうもない。七年後の離婚がわかれば、きっとグルアは悲しむだろう。幸せを願う弟の気持ちを、裏切ることがすでに決まっているのだ。

（嘘ついてごめんね、グルア）

ブリギッドは心の中で謝った。

結婚についての話がまとまり、ブリギッドはグッタリとしつつも、ディアミドを見送るべく馬車までついていく。

「ディアミドは嘘がとてもお上手ですね」

「俺は嘘がつけないと言われているが？」

ディアミドは不思議そうにブリギッドを見た。

ブリギッドは言葉を失う。弟に言った言葉はすべて本心だというのだろうか。

「えっと、妻としては愛せないんですよね？　偽装結婚ですよね？」

ブリギッドは小首をかしげて尋ねる。

「しかし、人としては敬愛している。本当に勇気ある人だと思っている」

真面目な顔で答えられ、ブリギッドは胸の奥が熱くなった。

今までの人生は苦労続きだった。

病弱な母と幼い弟を食べさせていかなければならない。自分の力で生きていこうと決め、周囲に期待するのをやめた。強くなるしかなかったのだ。

（ディアミドは私を女ではなく人として扱ってくれる。そのままの私を認めてくれるのね。こんなにうれしいことってない……）

女ではなく、人として尊重してくれることがうれしい。

「ありがとうございます！」

ブリギッドは心からお礼を言う。

ディアミドはそのうれしそうな顔を見て思う。

（ブリギッドのこういう顔は可愛いな。もっと見たい。どうすればよいのだろうか）

そう考え、思い立つ。

「弟を心配させないためにも、これからは綺麗に着飾ったらどうだ。なぜ、だて眼鏡で顔を隠す？」

令嬢にとって美しさは武器だ。しかし、ブリギッドはあえて逆の服装をしているように見えた。

「……守ってくれる人がいる令嬢はよいのでしょうが、ひとりで歩く女にとって美しい格好は必ずしもよいことばかりではありません」

ブリギッドはうつむく。

没落してから従者をつけて歩くことはできなくなった。貴族の女がひとりで町を歩くと、下品だと笑われた。身なりのよい格好でひとり歩きするだけで好奇の目で見られ、平民に絡まれ、危ない目に何度も遭った。

それ以来、ブリギッドは古着のワンピースを着て、平民と変わらぬ服装で歩くことにした。誰も助けてくれないのだ、護身術も磨いた。ひとりでも強くあろうと、肩肘張って生きてきたのだ。

「……そうか。これからは俺が守る。好きな物を着ればよい」

ブリギッドは驚いてディアミドを見た。彼は自分の言葉に自分で驚いたのか、顔を赤らめ、馬車に目を向けている。

ブリギッドはその姿に小首をかしげた。

「閣下、人がいないところで演技する必要ないですよ？」

彼女の言葉に、ディアミドは何も答えなかった。


そして、さらに翌日。

教会に結婚許可証を取りに行くため、ブリギッドは侯爵家にやってきた。

あっという間にメイドたちに取り囲まれ、ドレスルームに連れていかれる。そこには美しいドレスがズラリと並んでいた。侯爵家御用達のメゾンが新しいドレスをたくさん用意してくれたのだ。

「これは侯爵様からのプレゼントです。とり急ぎということで、店にあった物を持ってきましたが、落ち着いたら改めて新しいドレスを誂えるようにとのことです」

呆然とするブリギッドを、メイドたちが綺麗に飾りつけていく。ザマス眼鏡を取り、髪を整え、教会にふさわしいドレスを着せつける。ブリギッドは動揺しすぎて目が回った。

そうして、ザマス眼鏡の没落令嬢は、すっかり貴婦人へ変身したのだった。

ディアミドはブリギッドを見ると大いに納得する。

「よく似合っている。やはり、ブリギッドは美しい」

空は青い、とでも言うような口調なものだから、周囲は笑った。まるで睦言ではない。

「あの、これ、さすがに過分では……？」

「侯爵家の夫人なら最低限この程度着飾ってもらわなくては困る」

真顔で告げられ、ブリギッドは脱力した。

（金持ち貴族の世界……ついていけない）

ブリギッドは考えることを放棄することにした。

そしてふたりは教会へ向かう。

教会で結婚する場合には通常、挙式前に婚姻予告をする必要がある。

だが、今回は急ぎの結婚ということもあり、婚姻予告を省略して、結婚許可書を発行してもらい、ふたりだけの簡易的な挙式をした。結婚指輪も便宜的なものである。

結婚の手続きをサクッと終わらせると、すぐに教会から侯爵家に帰った。その道すがら、街で歌いながらスキャンダルを売り歩くタブロイド・バラッドに遭遇する。

「鉄壁侯爵閣下のお相手は、まさかまさかの没落令嬢。ザマス眼鏡の守銭奴《しゅせんど》ブリギッド。そこにはどんなロマンスが？　秘密の恋を隠すため？　さてはて真実は……コウモリ・タブロイド本日発売！」

声を張りあげている姿を、馬車の中からブリギッドは見て頭を抱えた。

「まさかタブロイド・バラッドにまでなるなんて！」

「まぁ、貴族の恋愛は大衆の娯楽だからな。気にするな」

ディアミドはなんでもないことのように無表情である。どう見ても新婦を迎えた新郎の顔つきではない。

「やっぱり、偽装結婚を疑われてますね……」

ブリギッドは苦笑いした。いくら考えても不自然だと自分でも思う。

「そうか。それはよくない。あの店の前で馬車を止めろ」

ディアミドはそう命じると、高級魔宝石《まほうせき》店の前で馬車を止めさせた。

魔宝石とは、魔法がかけられた宝石である。主に、身につけた人を守る魔法がかけられており、上位貴族のあいだでは大切な人にお守りとして贈る習慣がある。

とても美しく、高価だからこそ、貴族の女性にとって魔宝石のプレゼントは憧れでもあり、一種のステイタスでもあった。

「ついてこい」

そう言うと、ひとりで馬車を降りてゆく。

ブリギッドは呆気にとられた。エスコートをする気は一切ないらしい。

(妻をエスコートしないなんて、不仲を疑われるようなものなのに)

ブリギッドは肩をすくめた。ひとりで馬車を降りようとすると、騎士のひとりが手を貸してくれる。

「ありがとう」

礼を言うと、騎士は笑う。

「うちの閣下は不器用ですみません」

ふたりで顔を見合わせ、苦笑いするしかなかった。

後ろを振り向きもせずつかつかと、魔宝石店へ入っていこうとしていたディアミドはその様子に気がついたのか、不機嫌そうに戻ってきてぶっきらぼうにブリギッドに手を差し伸べた。

ブリギッドはすました顔でその手を取ると、周囲の野次馬は騒然とする。

ザマス眼鏡の没落令嬢と馬鹿にされていたブリギッドだが、今日の彼女は別人のようだった。

トレードマークの眼鏡はなく、トレンドのドレス姿。いつもひっつめお団子にされていた髪は下ろされ、秋の日差しを受けて輝く麦の穂のように美しい。

さらに、眼鏡に隠されていた黒い瞳は大きくミステリアスで、所作の美しさは生粋の貴婦人のようだ。

「嘘だろ……あれが、守銭奴《しゅせんど》ブリギッド……」

「おい、失礼だぞ」

「あれなら、鉄壁侯爵閣下に見初められてもおかしくない」

ディアミドと並び立っても遜色のない美しさに人々は息を呑む。

「こんなことならやっておくんだった」

「バカいえ、返り討ちに遭ったの知ってるぞ」

噂を聞いて人々が集まってくる。

ざわめく周囲を無視して魔宝石店に入ると、店主は予想外の来客にびっくりした様子を見せた。

「これは、これは……フローズヴィトニル侯爵閣下」

「これは私の妻ブリギッドだ。妻に似合う魔宝石を見繕ってほしい」

ブリギッドは突然のことに、ちょいちょいとディアミドの服を引っ張る。

「ちょっと、どういうことですか？　私、魔宝石なんて買えません」

「俺からのプレゼントだ。必要経費だ。心配するな」

「そんな、困ります。ドレスまでもらったばかりなのに」

「偽装結婚の噂を払拭するのだ。こういった店は第二の社交界だと知っているだろう？」

たしかにそうだ、とブリギッドは納得する。

ブティックや宝石店など身分の高い者が立ち寄る店は、噂が広まりやすく、もうひとつの社交場といえる。偽装結婚の噂を払拭するために、妻へプレゼントしたという実績をディアミドは作ろうとしているのだろう。

コソコソと顔を寄せ合うふたりの様子を、店主は仲睦まじいカップルだと勘違いしニヨニヨと眺めている。

「侯爵閣下の髪のお色、黒い宝石もありますが、瞳の金もございます」

「愛おしい妻に贈りたいのだ。何よりも魔力の強い魔宝石が欲しい」

「でしたら、このショーケースのこちらからこちらまでです」

ウキウキと店主は答える。

「さぁ、ブリギッドどれがよい？　好きな物を選べ」

ショーケースには、まだ宝飾品に加工されていない魔宝石が並んでいる。もちろん値札など付いていない。今からデザインし、宝飾品に加工すればどれほどの金額になるのだろう。

ブリギッドは頬を引きつらせ、棒読みで答える。

「まぁ！　旦那様、うれしいわ。でも、こんなに高価な物」

「高価ではない。あなたにはそれを身につける価値があるのだから」

ディアミドの言葉に、店主は微笑む。

「奥様はとても愛されていらっしゃいますね」

「ええ、そうですわね。オホホホホ……」

しどろもどろになるブリギッドは恥ずかしさのあまり顔が真っ赤になる。棒読み演技も限界だ。

プルプルと震えて涙目になってしまう。

「妻が傷つくようなことがないように、特に強い守護の魔力を込めた魔宝石がよいな」

ディアミドは飄々《ひょうひょう》と答える。

それは本心だった。『これからは俺が守る』と言ったからには、誠心誠意ブリギッドを守ろうと決意したのだ。

そんなことを思いながらチラリと隣に立つブリギッドを見て、ディアミドはゾクゾクとした。照れているのか、顔が赤く、目が潤んでいる。

（ああ、やはり、泣かせてみたい）

そう思い、微笑む。

その妖艶な表情に、店主も従者もゾッとした。

「青が好きだったな？」

「なぜそれを」

ディアミドに言われてブリギッドは驚いた。ニーシャの瞳の色は、ブリギッドにとって推しカラーだ。

「見ていればわかる。白金で台座を作ってもらおうか。銀では錆びやすいからな」

ディアミドは当然のことのように答える。

「……！　……!!」

完全に推しカラーである。ブリギッドはうれしさと戸惑いで頭の中がグルグルとしてしまう。

（ほしい……けど！　絶対に高い!!　偽装結婚なのに買わせるなんて申し訳なさすぎる!!）

「ブリギッド、どうしたのだ？　これでは不満か？」

「……いいえ、そうではなく……」

「俺からのプレゼントは受け取れないと……？」

「いえ、そうでもなくっ！」

ブリギッドはキッとディアミドを睨み上げる。高いから遠慮すると断わりたいが、偽装夫婦でないと証明するための買い物だ。そんなことは言えない。

（でもここにいたら、欲しくなっちゃう。だって、ニーシャくんの概念ジュエリーだなんて……前世で泣く泣く諦めたものだもん……!!　欲しい、欲しすぎる。だからこそ、ここにいたらだめ!!）

「結婚式が終わったばかりだもの……。あのね、私、早く帰りたいわ？」

涙目でそうねだると、ディアミドはゴクリと唾を呑んだ。

店主もその色香にウッと胸を押さえる。

ディアミドは店主を睨みつけると、彼はキリリと姿勢を正した。

「では、そこからそこまで、侯爵家へ後日届けろ。デザイナーと一緒に。改めてじっくり選ぶことにする。……それでいいか？　ブリギッド」

ディアミドはそう申しつける。

（ひー‼　悪化した‼）

言葉を失いよろめくブリギッドを、ディアミドが抱きとめる。

「奥様は幸せ者ですね」

店主が微笑んだが、ブリギッドは何も答えられなかった。

そうして店を出ると、改めてディアミドはブリギッドをエスコートする。見せつけるように馬車に乗せ、彼女に好色な目を向ける男たちを見回し威嚇した。

「俺の妻に何か？」

ディアミドの言葉に野次馬たちは身を震わせ、逃げるように散っていくのだった。


数時間後。

今夜は初夜の儀式である。教会から派遣された司祭の前で、夫婦の寝室に入るところを見せて、翌朝、新婦が処女だった証として血のついたシーツを提出するのだ。

と言うのも、偽装結婚を禁じる教会の風習で、貴族は結婚成立の証明をしなければならないのだ。

（初夜だとか、処女だとか、セクハラすぎる）

転生者であるブリギッドはくだらない風習にげんなりしていたが、反対すれば偽装結婚だと疑われる可能性がある。静かに従うしかない。

（まぁ、フランス王室の初夜は全廷臣に見守られていたっていうし、部屋まで入ってこないだけマシと思うしかないわ）

そう思いつつ、ナイトドレスの上にガウンを羽織った姿で、夫婦の寝室の前へやってきた。そこには当然、司祭とディアミドもいる。

ディアミドが司祭に目配せしてから夫婦の寝室のドアを開け、ブリギッドは促されるまま中に入った。

夫婦の寝室には、ディアミドの部屋と、侯爵夫人の寝室に繋がるドアがそれぞれある。

名義上の侯爵夫人であるブリギッドの部屋は客間のある東の棟にあるため、現在侯爵夫人の寝室は無人だ。

一方、ディアミドの部屋に繋がるドアは木の板で×字に封じられていた。

「こんな大袈裟なことしなくても、ディアミドの部屋に入ったりしないのに……」

ブリギッドは小さくつぶやくとガウンを脱ぎ捨て、大きなベッドにダイブした。

「わーい！　ふっかふかっ!!」

さすが侯爵夫婦が使う物だ。自室のベッドより大きく立派なベッドである。

「おい！　なんでガウンを脱ぐ‼」

焦って声を荒らげるディアミドに、ブリギッドはキョトンと小首をかしげた。転生前の世界からすれば、ナイトドレスなど露出に当たらない。普通のワンピースと同じ気分だ。

しかし、ディアミドからすれば、にくからず思っている女性が無防備な姿でいるのだ。動揺してもしかたがない。

「ディアミドも早くガウンを脱いで、ベッドに来てください。ふっかふかですよ！」

ブリギッドは天真爛漫にそう言うと、ディアミドに近寄りガウンを脱がせようとした。

突然、薄着のブリギッドに近寄られ、ディアミドはドギマギとした。

いつものドレスではわからない、豊満な胸元に、柔らかそうな白い肌。乱れた髪が首筋に張りついている様子に、思わずゴクリと喉を鳴らす。

(旨そうだ)

そう思ってハッとする。

(俺はいったい何を考えているんだ。彼女はそんなつもりじゃない。あの信用しきった目、まったく俺を男としてみていない証拠だ)

いたたまれない気持ちになり、バッと目を逸らす。

「……やめろ」

ディアミドの言葉に、ブリギッドは耳元でささやいた。

「だったら自分で脱いでください。ね？」

ディアミドの頭は沸騰した。ツーと鼻下にいやに温かい感触が伸びる……鼻血だ。ディアミドは慌てて鼻を隠した。

ブリギッドはそれを見て驚き、瞬き、噴きだした。

「ちょうどよかったですね！」

そう言うと、ベッドの布団を捲りあげる。そして、ディアミドの首根っこを掴み、シーツを顔に押しつけた。

「ブッ⁉」

「どうやって、処女の証を作ろうかと思ってたんですけど、ちょうどよかった」

ブリギッドはコソコソ言う。

ディアミドはムクムクと起き上がると、不服そうな顔をブリギッドに向けた。

「こうすればよい」

ディアミドはベッドサイドのワインを開封するためのソムリエナイフを手に取ると、躊躇なく自分の腕を切りつけようとした。

「やめてください！」

ブリギッドは慌てて、ディアミドの腕を押さえる。

「大きな声を出すな、司祭が聞いてる」

ディアミドにささやかれ、ブリギッドはハッとする。

「でも、もう鼻血があるんだから、わざわざ傷つけなくてもいいですよ。痛いじゃないですか……」

心配そうな顔をするブリギッドを見て、ディアミドは笑った。

「いや、シーツに顔を埋めるのは痛くないのか？」

「……あ、すみません……」

ディアミドは垂れた鼻血を手の甲で拭うと、それをシーツになすりつけた。

「まあ、いい。ついでだ、ワインでも飲もう」

そう言うと、ディアミドはワインを開けた。


翌朝、ディアミドはゲッソリとした顔つきで、安らかな寝顔でスヨスヨと眠っているブリギッドを眺めていた。自分を男としてまったく意識していない証拠に熟睡モードである。

(俺は一睡もできなかったのに……どういうことだ)

ディアミドは嘆息した。モヤモヤとして、イライラする。狼の獣性である凶暴性が増してくる。

(このままではよくない。もう起きてもよいだろう)

ディアミドが起き上がろうとすると、ブリギッドが身じろぎした。

その手が当たり、息を呑む。いつもであれば問答無用で払いのけたくなるはずなのに、ブリギッド相手ではそうならない。

(やはり、ブリギッドは何かが違う……)

かすかに触れあっている肌の部分から、今まで積もっていたモヤモヤが溶けていく。

ディアミドはブリギッドの乱れた髪を梳いてみる。わけもなく、家族以外に触れたいと思ったのは初めてだ。

そのときブリギッドがゴロリと再び身じろぎし、ディアミドは驚いて手を引っ込めた。

「……うーん……朝はスクランブルエッグがいいですぅ……。甘いお菓子よりしょっぱいの……」

ムニャムニャと寝言を零すブリギッドを見て、ディアミドは思わず笑った。

「では、ご所望のとおり〝アーリーモーニングティー〟でも用意してやるか」

ディアミドは立ち上がり、夫婦の寝室をあとにした。

それからふたりは遅い朝食を取り、血のついたシーツを司祭の待機する部屋へと届けに行く。シーツを渡して、血痕を確認してもらうと司祭は冷やかすように笑った。

「昨夜は楽しまれたようですね」

「はい!!」

「……まぁ……」

元気よく答えるブリギッドに、ディアミドは疲れ果てたように声をしぼり出した。

「侯爵閣下が独身を貫き通されることで、由緒ある家門が途絶えるのではないかと、皆心配しておりました。しかし、これで一安心ですね。どんな女性が侯爵閣下のお心を溶かすのだろうかと思っていましたが、ブリギッド嬢のように積極的でないと無理だったのですね」

司祭に言われ、ブリギッドはテヘテヘと笑う。

「そんな……」

「これで、冷たくあしらわれ心を痛める令嬢が教会に救いを求めにやってくることもなくなるでしょう」

ブリギッドはディアミドの腕を抱き、上目遣いで彼を見る。

「やっぱり、ディアミドはモテるんですね！」

天真爛漫な微笑みに、ディアミドは目を逸らす。

「そんなことはない」

ディアミドは素っ気なく答える。

（現に、ブリギッドは何も意識してないじゃないか。ひと晩ともにしたあとだというのに……。腕に胸が当たってるのも、絶対気にしてない顔だ！）

頬を染め顔を背けるディアミドの初心《うぶ》な表情を見て、司祭は微笑ましく思う。そして、満足げにうなずくと初夜の儀式の報告書に『ふたりはお互いを激しく求め合った』と記した。

初夜の儀式の報告書は教会に提出され、内容を司教が確認してから、正式な結婚が認められるのだ。

「では、ここにおふたりのサインを……」

示された報告書を見て、ディアミドはギョッとする。

「は、激ッ……ここまで記載するものなのか？」

司祭はうなずく。

「はい。夫婦仲のよい証拠になりますので。神の祝福も深いでしょう」

「そうなのですね！　ありがたいわ‼」

嬉々としてサインをするブリギッドに続いて、ディアミドも署名する。

司祭は、うんうんと満足げに首肯し「永久《とわ》に幸あれ」とふたりを祝福した。

無事、初夜の儀式は教会に認められ、ふたりははれて夫婦となったのだった。

第四章　私がママよ

ブリギッドとディアミドは、ニーシャの暮らす孤児院を訪れていた。手続きを済ませて、改めて夫婦としてニーシャを迎えに来たのだ。

ニーシャはブリギッドを見つけると、ピンと耳を立て尻尾《しっぽ》をフリフリと駆け寄ってきた。

その可愛らしい姿にブリギッドは胸がキュンとなる。眼鏡がなく、髪も下ろした姿では人見知りをされてしまうかと思っていたのだ。

ニーシャはブリギッドのスカートにヒシとすがりつく。

「心配したよ。怖いおじさんに怒られなかった？」

ニーシャがそう尋ねると、ブリギッドの背後からディアミドがヌッと顔を出した。

「きゃぁ！」

ニーシャは驚いて耳を倒し、尻尾《しっぽ》を足のあいだに巻き入れる。それでもすぐにキッと顔を上げ、ブリギッドを守るようにはだかった。

その健気な姿にブリギッドはキュンキュンする。

「お姉さんをいじめないで！」

口ではそう抗議しているが、耳は思いっきり垂れていて、足はガクガクに震えている。

ブリギッドはいじらしい姿に思わずニーシャを抱きしめた。

「ニーシャくん、この人、悪いおじさんじゃなかったの」

ブリギッドは説明する。

「本当？」

ニーシャが右に小首をかしげる。

「本当よ。この人はニーシャくんの叔父さん、パパの弟さんだったのよ」

「……叔父さん……？」

今度は左に小首をかしげるニーシャに、ブリギッドはメロメロだ。

「ああ、ニーシャ。君をフローズヴィトニル侯爵家の後継者として、迎えに来た」

「僕……この叔父さんの家に行くの？　お姉さんに会えなくなるの？　そんなの嫌」

ニーシャは助けを求めるような目でブリギッドを見た。青い瞳がウルウルと潤んでいる。

不安そうなニーシャをブリギッドはヨシヨシと撫でる。

「私も一緒よ？　だから安心して？」

「お姉さんも一緒？」

「ああ、ブリギッドは俺の妻だからな」

ディアミドがなぜかドヤ顔で答えると、ニーシャはサァッと顔を青くした。

「お姉さん……結婚……したの……？」

不安そうな顔をするニーシャを見て、ブリギッドは膝を折り目線を合わせた。

「そうよ。結婚しないと養母になれない決まりだったの。もう結婚したから、ニーシャくんのママになれるの！」

　ブリギッドが満面の笑みで答える。

　すると、ニーシャは青かった顔を紅潮させた。

「お姉さんが、僕のママ……？」

　推しからママと呼ばれ、ブリギッドは瞑目した。そして、両手を握り合わせ、神に感謝する。

（神よ……!!　こんなに幸せでよいのでしょうかっ！　推しからママと言われるなんて、何度聞いても破壊力が……!!）

「そうよ！　私がママよ」

「本当!?　うれしい！」

「ニーシャくんのためだったら、私、なんでも頑張っちゃうんだから！」

　えへへ、とブリギッドが答えると、ニーシャはブリギッドに頬をすり寄せた。

「ママ、好き！」

「私は大好きよ！」

「僕はもっと好き！」

「私はもっともっと好き!!　ニーシャくんが思うよりずっと好き！」

　ふたりのやりとりを見て、ディアミドはムッとする。ニーシャに向けるような蕩けた笑顔を彼女から向けられたことはなく、それがなんだか敗北を感じさせせられた。

「ブリギッド!!」

苛立ちに任せて、ディアミドは呼びつけた。

「はぁ？　なんですか？」

せっかくの推しとの尊い時間を邪魔されて、ブリギッドは思わずディアミドを睨み上げる。

その険悪な表情にディアミドはたじろいだ。しかし、ニーシャがブリギッドに頬をつけると、その表情は一転し、恍惚とした表情になる。

「ママぁ。僕のこと呼び捨てにしてほしいな」

キュルンとした目で耳を垂らし、小首をかしげておねだりする。

ブリギッドは額に手を置き、クラクラとよろめいた。鼻血が出そうである。

「そ、そんな……呼び捨てだなんて……そんな……」

ハクハクと過呼吸ぎみになるブリギッドの手を、ニーシャは取った。

「だめ……？」

「だめくない……」

「じゃ、呼んでくれるの？」

「……に、ニーシャ……？」

ブリギッドが名を呼ぶと、ニーシャは花が綻ぶように笑いうなずいた。

「うれしい！」

ニーシャの天使のような悪魔の微笑みに、ブリギッドは陥落《かんらく》した。

それから一緒に馬車に乗り侯爵家へ向かう。

ニーシャはブリギッドの隣に座り、太腿に頭を乗せてくつろいでいる。

ブリギッドはそんなニーシャの髪をクルクルともてあそぶ。その指先を、銀の耳がパタパタと叩く。

（幸せすぎて……怖い……）

ブリギッドはうっとりとしていた。誰にもはばかられることなく、推しを慈しめるのだ。これほどの幸福があるだろうか。いや、ない。

「新しいお家はどんなお家？」

ニーシャが尋ねる。

「とっても大きい古いお屋敷よ。ニーシャのお部屋も用意してあるの。必要な物は勝手に選んじゃったけどいいかしら？」

「ママが選んでくれたの？」

「ええ、欲しい物があったら買いに行きましょうね？」

「僕、ママがいればなんにもいらないよ？」

「私がニーシャとお買い物したいのよ、だめ？」

「ううん！　僕もママとデートしたい！」

「やだー！　ニーシャったら、おませさん！」

イチャイチャするふたりを見て、ディアミドは苦々しく思う。自分ひとりが家族の輪からはずれているようだ。それに、何より彼女に触れると幸せな気持ちになれるのに、それをニーシャに独占されることが気に入らない。

「何がデートだ。継母と継子だぞ」

鼻で笑うと、ブリギッドからギンと睨まれた。

「……おじさん……こわぃ……」

ニーシャはシュンとして、ブリギッドに抱きついた。

「っ！　ブリギッドはママで、俺のことはおじさんか」

「……だって、おじさんは叔父さんなんでしょ？」

怒られたニーシャは、ヘタリと耳を倒す。

「お前は我が子になったんだ！　俺のことは父上、ブリギッドのことは母上と呼べ‼」

ディアミドが怒鳴ると、ニーシャはブルブルと震えた。

ブリギッドはニーシャを守るように固く抱きしめる。

「ディアミド！　やめてください！　いきなり父母とは思えるわけがないでしょ？　そういうのは時間をかけなくちゃ……」

スンスンと鼻を鳴らすニーシャをブリギッドはナデナデする。

（もう、ディアミドったら大人げないんだから……。でも、子育てしたことのない人ってこんなものかもしれないわね）

ブリギッドは呆れる。児童心理学的に見て、高圧的に子どもに接してもよいことなど何ひとつない。しかも、ニーシャは今まで孤児だったのだ。知らない人への警戒心は強い。強く押さえつければ押さえつけるほど、不信感を募らせ反抗するだろう。

それでは、ブリギッドが理想とする〝ニーシャが幸せな家庭〟からは遠ざかってしまう。

(ディアミドがちゃんとしたニーシャのパパになるために、ニーシャが安心して暮らせる家庭を作るために、前世で小学校教員だった私がフォローしていかなくちゃ)

ブリギッドは決意した。

「ね？　ニーシャ。気にしなくていいのよ？」

「……いいの？　本当に？」

ウルウルとした瞳を向けられて、ブリギッドはクラクラとする。

(はぅ！　ニーシャきゅん、かわええ……)

昇天しそうなギリギリのところで意識を保ち、母らしい微笑みを浮かべて答える。

「ゆっくり家族になっていきましょうね」

「ママ、大好き‼」

ニーシャはそう言ってブリギッドを抱きしめる。

ブリギッドは小さな腕に抱きしめられ、幸せを噛みしめた。

(あ、アイツ‼)

ディアミドはなぜかカチンとし、思わず立ち上がる。

「ひっ！」

ニーシャが脅え声をあげると、ブリギッドはディアミドを制す。

「ほら、馬車の中では静かに座ってください。ニーシャのお手本にならないといけませんよ？」

ディアミドはギリギリと歯ぎしりしつつ、しぶしぶと座るしかなかった。

数十分後、侯爵家に到着する。

大きく古い重厚なエントランスに、立ち並び出迎える使用人たち、男は老いも若きも屈強なマッチョばかり。フローズヴィトニル侯爵家は〝白銀の狼〟との異名を持つ。

その名を示すがごとくエントランスの中央には銀狼《ぎんろう》の彫像が鎮座していて、瞳にはブルーダイヤがはめ込まれていた。

狼の獣性を持つ彼らは、縄張り意識が強く他人に心を開くことが苦手だが一度心を許すと深い信頼をおく。圧倒的な運動能力を持ち、理性的でありつつ勇猛である。物音や気配に敏感で、生まれもっての戦闘一族といわれていた。

ニーシャは今まで知らなかった世界に目を見張る。

「……すっごい……」

「ニーシャの部屋はこっちだ。西の棟は俺が案内する。ブリギッドは少し待っていてくれ」

ディアミドに腕を掴まれ、ニーシャは長い廊下をビクビクとついていった。屋敷の中を案内されながら歩き、ようやく自分の部屋らしき扉の前にたどり着く。

「西の端、俺の部屋の向かいがニーシャの部屋になる。お前の父ネイトが使っていた寝室だ」

「僕のパパ……って今、何してるの？」

「……お前の父は……死んだ」

ディアミドが言いにくそうに答えると、ニーシャの瞳はウルリと潤む。

その表情を見てディアミドの心は少し痛んだ。

「そっかぁ……やっぱり……」

「お前の母は何も言ってなかったのか？」

「母さんの記憶もあんまりないから……」

ニーシャは言葉少なに答える。孤児になる前の記憶があまりない。小さいころ、母と『クマ』と呼ばれる亜麻《あま》色の髪の男と暮らしていたことだけかすかに覚えている。その男が父ではないことは知っていた。

「今までどうしてたんだ？」

「小さな村の孤児院にいたよ。そこが潰れて、今のところに来たんだ」

気がつくと小さな村の孤児院で暮らすようになっていた。そして、その孤児院が潰れ、王都の孤児院でブリギッドに出会ったのだ。

出会ったときは、思わず不審者として通報してしまったが、後日、明るい場所で紹介されたブリギッドはクマと同じ亜麻《あま》色の髪で、懐かしさを感じていた。

「そうか。早く見つけられなくてすまなかった」

「ううん。そのおかげで、僕、ママに会えたから、僕、それでいい」

健気に微笑むニーシャを見て、ディアミドはいじらしく思う。

「ブリギッドがお前のために準備した部屋だ」

ニーシャは部屋を見回して目を輝かせた。

インテリアは、白と明るいブルーで統一され、深い青の天井には銀の星が描かれている。ベッドには茶色の猪のぬいぐるみが置いてあり、それはなぜかクマを思い出させた。

ニーシャは猪のぬいぐるみを抱きしめる。

「ママが僕のために……」

ニーシャはうれしくてしかたがない。しかし、ハタと気がつきディアミドに尋ねる。

「ママの部屋は？」

「ブリギッドは東の端だ」

西の端から東の端ではずいぶんと部屋が離れている。

「どうして？　ママは僕を養子にしたいって言ってたから、我慢しておじさんと結婚したの？」

ニーシャは心配そうに尋ねる。

ディアミドはピクリと眉を上げた。賢い子だと感心しつつ、嘘がばれてはならないと警戒する。

「そんなことはない」

「本当？」

無垢な目で念押しされ、ディアミドは罪悪感に苛まれた。

「……本当だ。俺たちは愛し合っている」

「そっか！　よかった！　僕、ママにお礼を言わなくちゃ！」

ニーシャはそう喜ぶと、来た道を駆け戻っていく。銀の尻尾《しっぽ》を振りながら、長い廊下を一心不乱に走る様子はまだまだ子どもだ。

「ママ‼　素敵なお部屋をありがとう！」

ニーシャは天使のような笑顔でブリギッドに抱きついた。

（推しが、推しが抱きついてきた……！　この笑顔守りたいっ‼）

ブリギッドは多幸感に包まれ昇天寸前だ。しかし、ギリギリの理性で母らしく振る舞う。

「そんなことないわ！　私は選んだだけで用意してくれたのはディアミドよ」

「でも、選んでくれた‼　うれしい‼」

キャッキャとはしゃぐふたりは母と子のほのぼのとした空気を作っている。

「でもね……？」

ニーシャは上目遣いでブリギッドを見た。そして、ちょいちょいと手招きする。

（キャー！　私の推し、いえ、私の息子‼　なんて可愛いの！　世界一！　いや宇宙一なんじゃない⁇）

ニーシャの仕草の愛らしさに、ブリギッドはメロメロである。なんでも言うことを聞いてしまいそうだ。言いなりになって、ニーシャの口元に耳を寄せた。

「あのね、内緒だよ？　僕の部屋、おじさんの部屋の向かいなの……。まだね……ちょっと、怖いな……。ママの部屋の近くじゃだめ？」

耳がシンナリと萎れているニーシャの姿を見て、ブリギッドは「んんんっ！」と唇を噛む。

（こんなことされたら嫌だとは言えないわぁん）

コショコショと内緒話をするニーシャが愛おしく、ブリギッドの思考力はそがれていく。

「そっかー。そうよね。だめじゃないわ！　引っ越しましょう！　引っ越し！」

ブリギッドはルンルンと答えると、ディアミドを見た。

「ニーシャはまだ人見知りをしているみたいなので、私の部屋の近くに部屋を移してもいいですか？」

「ブリギッド！　甘やかすな！　代々侯爵家は西の棟に住む。東は客間だ」

ディアミドの言葉に、ニーシャは不思議そうに小首をかしげた。

「ママは、お客さんなの？」

ニーシャの問いに、ブリギッドは動きを止めた。

（……ニーシャきゅん、鋭いわね!?）

ブリギッドの背中に冷や汗がタラリと流れた。

ディアミドはニーシャを睨みながら答える。

「……いや、まだ結婚して日が浅いから……近々、西の棟……。そう。侯爵夫人の部屋の改装工事が間に合っていないのだ。改装が終ったら部屋を移す予定なのだ！」

その言葉を聞いて、ブリギッドは目を丸くした。

（そんな話、聞いてないですけど??）

けれどもニーシャの手前、反論はできない。

「ママも近くのお部屋？」

「ああ、俺の部屋の隣の隣だ」

「わーい！　うれしい!!」

尻尾《しっぽ》をブンブンと振って喜ぶニーシャを見ると、ブリギッドはなんでもよくなってきた。

（まぁ、部屋が夫婦の寝室の隣だからといって、何も変わりはないわよね。それよりニーシャの部屋の近くだなんてなんのご褒美？）

ブリギッドは寝ぼけまなこのニーシャを夢想する。

「でも、今日はママのお部屋にいてもいい？　……僕、ずっと孤児院でみんなと一緒に寝てたから……」

「いいわよ？　慣れるまでそうしましょうか？」

「ブリギッド!!　甘やかすなと言っただろう!!」

甘い声で即決するブリギッドに、ディアミドが吠える。夫である自分をないがしろにし、なんでもニーシャを優先することが気に入らない。

「きっと慣れない屋敷で心細いんです。少しは甘えさせたほうが安心できると思います。それに『甘やかし』と『甘えさせる』では意味が違うんですよ？」

ブリギッドはガヴァネスの顔でピンと指を立てて講釈する。

「『甘やかし』は子どもが望んでもいないのに、できることを先回りしてやってしまうこと。これは子どもの成長を阻害します。『甘えさせる』のは、子どもが甘えたいと思っているときに手を差し伸べることです。甘えさせるのは、健全な成長のために必要なことです」

ブリギッドはさらに話を続ける。

「特にニーシャは幼いころに両親と離れ、今度は環境も変わるんです。心が乱れるのは当然なんですよ。私たちがしっかり支えなくちゃ」

「しかし……」

「後継者教育は心が落ち着いてからでも間に合います」

「だが」

「私がきちんと教育します」

キリリと答えるブリギッドに、執事もメイドたちも拍手喝采である。

ディアミドは孤立無援で、歯がみする。

「……ママ……僕、迷惑かけた？　やっぱり僕はいらない子？」

ウルッとした目でニーシャは尋ねた。尻尾《しっぽ》はクルンと内巻きになり、耳はペッタリ潰れている。

ブリギッドはギュッと抱きしめた。

「そんなことないわ！　ニーシャ!!　あなたは世界で唯一の大切な人よ。天使よ!!」

「じゃ、ママの部屋に案内してくれる？」

「ええ！　もちろん！」

ふたりは手を取り合って東棟へ向かう。

「おい！　ブリギッド!!　そいつは天使なんかじゃない！　狼だ！　気をつけろ！」

ディアミドが叫ぶ。

「もう、何馬鹿なこと言ってるんですか」

ブリギッドとニーシャは笑い、ふたりはスキップしながら部屋に向かった。

ブリギッドの部屋に到着したニーシャは驚いて目を見張る。

「ママ……これ……もしかして……僕の色？」

「あ、いや、あの、ごめんなさいね？　気持ち悪かった？　き、き、き、気持ち悪かったらすぐ直すから。近づかないし、部屋も離すし、ディアミドに一緒に寝てもらえるように頼むし、新しい乳母《ナース》も探すし、ガヴァネスも」

ブリギッドは推しに推しカラーの部屋を見られて混乱した。

うれしさのあまり浮かれてすっかり失念していたが、ブリギッドの部屋はオタク仕様である。

青と銀で統一された部屋に、自作の祭壇が設置してあるのだ。そこには、ニーシャが初めて作った折り紙や手習いの数々、一緒に探した四つ葉のクローバーを押し花にした栞など、細々とした物を丁寧に飾っている。

「……」

ニーシャは胸が苦しくなる。まさか、そんなものをとっておいてくれるとは思っていなかったからだ。

汚い文字、粗末な紙、ただの孤児が書いた手習いの書き損じ。そんなゴミのような物をブリギッドは宝物のように祭り上げているのだ。

ニーシャは長く息を吐いた。胸の中に立ちこめていた暗雲が開けていき、そのあいだから日差しが差し込んでくる。まるでブリギッドの髪のように、亜麻《あま》色に輝く光だ。

日差しの当たった部分からポカポカと温まり、凍りついた大地がユルユルと解けていくような心地がした。

「……ニーシャくん、ごめんなさい……」

改まった言葉で詫びるブリギッドに、ニーシャは慌てて首を横に振った。もう「くん」づけで呼んでほしくなかった。

「違うよ！　うれしかったの!!」

ニーシャはブリギッドにギュッと抱きついた。零れそうな涙を隠すように、スカートに顔を埋める。

「だって、僕、最初のころ、ママに失礼なことたくさんしたのに……」

ニーシャには狼の獣性があり、他人に触れられるのが苦手だ。幼いため攻撃性は低かったが、人見知りは激しいのだ。ブリギッドに慣れるまでは紆余曲折あった。

「そんなことあったかしら？」

ブリギッドは首をかしげる。ブリギッドにしてみればニーシャの人見知りはご褒美だったからだ。

「いっぱい我儘《わがまま》言った、意地悪も言ったことあるよ」

「子どもが我儘《わがまま》言えないのは変よ」

ブリギッドは笑い飛ばす。

「我儘《わがまま》言ってもいいの？」

「いいわよ。だめなことなら叱るだけだもの」

「嫌いになったりしない？」

「怒ることはあるかもしれない。でもね、嫌いになんかなれないわ」

ブリギッドは目を細め肩をすくめる。

ニーシャはそんなブリギッドに救われた。そして思うのだ。

「……そばにいてくれてありがとう」

小さく小さくつぶやいたニーシャを、ブリギッドは黙ってヨシヨシと撫でた。

ニーシャの肩は小さく震えている。

きっとブリギッドには想像もできない人生を送ってきたのだろう。だからこそこれからは幸せになってほしいとブリギッドは願うのだった。


それからしばらく経った満月の夜。

ニーシャは、ブリギッドのベッドにいた。満月の夜が苦手だ。心がざわついて眠れず、やっと眠れたとしても嫌な夢を見る。

でも、今夜は違う。ふかふかのベッドに、手触りのよい寝具。そして何より、大好きなブリギッドがいる。

その体温と香りに包まれて、安心して眠りに落ちていく。

ニーシャは夢の中で、夜の森を逃げ惑っていた。満月が追いかけてくる。刺すような冷たい月光が逃げても、逃げても、追いかけてくるのだ。

ニーシャは息を切らして、大きな木の根元に座り込む。スンスンと鼻を鳴らしながら、膝を抱え込んだ。敏感な耳が木の葉の落ちる音を拾う。ビクリとおののき、あたりをキョロキョロと見回した。

そのとき、バサバサと鳥が飛び立つ音が響いた。驚いて声をあげそうになり、慌てて両手で口を押さえた。

満月が煌々と輝いている。何もかも見透かすような、銀色の光。美しく、清らかで、残酷《ざんこく》な星。

(お父さんもお母さんも死んだ。きっと、クマさんは殺された)

ニーシャはギュッと自分自身を抱きしめた。幼いころ、養い親のクマという男と旅をしてきた。そのクマも今はいない。

(どうして？　どうして？)

胸の奥に黒い闇が渦巻く。銀色の月を黒い雲が隠した。

狼の遠吠えが聞こえる。まるで「こちらに来い」と呼びかけられているようだ。遠吠えにつられて、胸の奥で残虐《ざんぎゃく》な何かが目を覚ます。

ザクリ、木の葉を踏みしめる足音が聞こえた。

ニーシャはギュッと拳を握りしめて、息を潜める。

(なんで、逃げなきゃならないんだ？　殺される前に殺してしまえばいいんだ!!)

ニーシャの青い目が獰猛《どうもう》に光る。そして、暗闇に紛れて近づく影に飛びかかった。

「きゃぁぁぁぁん」

甘く黄色い叫び声に、ニーシャはハッと目を覚ました。凶暴に組み敷いたその先には、ブリギッドが瞳をハートに輝かせて転がっている。

寝ぼけてブリギッドを押し倒したのだと気がついた。

「ママ！　ごめんなさい!!」

ニーシャは慌てて飛びのいて、謝る。

ブリギッドは顔を紅潮させ、涙目だ。

「……いいの。いいのよ、ニーシャ」

「でも、怖かったでしょう？　ごめんなさい」

ニーシャはヘニャリと耳を倒して、尻尾《しっぽ》はクルンと内巻きになっている。

ブリギッドからすれば、怖いなんてわけがないのだ。

「そんなことないわ！　ご褒美です!!」

「ご褒美??」

ニーシャはコテリと首をかしげた。

「はぅぅぅ。かわいい……」

推しの押し倒しからの、あざと可愛いごめんなさいに、ブリギッドの理性は天元突破《てんげんとっぱ》した。ゴロンゴロンとベッドの上でのたうち回ると、バッと起き上がり、窓まで走る。そしてカーテンをザッと開いた。

空には銀色の満月が煌々と輝いている。

「聞いてくださいお月様！　見てくださいお月様!!　この子、私の推しなんです!!　この可愛い子が私の息子。私の息子なんですよ、お月様!!　合法で重課金できるんです!!」

ブリギッドが意味のわからないことを叫び、ニーシャはたじろいだ。

「……ママ、大丈夫……？」

引きつり青ざめた顔のニーシャを見て、ブリギッドは我に返った。そして、一抹《いちまつ》の理性を取り戻し、とりあえずゴホンと咳でもついてみせる。

「……大丈夫よ。変なところをみせたわね。ニーシャこそ、怖い夢でも見たの？」

ブリギッドに問われ、ニーシャは夢を思い出し、思わずゾッとする。

（僕、人を殺そうとしてた……）

ニーシャは自分が怖くなる。

夢の中とはいえ、人を殺そうとする自分が恐ろしい。いつか、獰猛《どうもう》な感情に呑み込まれてしまうのではないかと不安になる。本来の自分は残酷《ざんこく》な人間なのではないかと思うのだ。それでも。

「……うん。でも、もう大丈夫」

ニーシャは笑った。ブリギッドのおかげで怖い妄想が一気に吹き飛んでいたからだ。

ブリギッドはその笑顔にキューンと心臓をわしづかみにされる。

「はぅぅ！　ニーシャ、抱っこさせてちょうだい!!」

「うん！　ママ、どうぞ！」

ニーシャはブリギッドを受け入れるべく、ベッドの上で両手を広げた。

ブリギッドの前では、ニーシャは〝可愛いニーシャ〟でいられる。そのことがうれしくて、これこそ自分の本質なのだと信じたかった。

「きゃぁぁぁん！　か・わ・い・い!!」

ブリギッドはニーシャのもとへダイブし、そのままふたりでベッドの上をゴロンゴロンと転がる。

そのとき、ブリギッドの部屋のドアがドンドンと叩かれる。

「ニーシャ！　もう寝る時間だぞ!!」

ドアの向こうで声を荒らげているのは、ディアミドである。

「「はぁぁい」」

注意されたニーシャとブリギッドは、おざなりに返事をして、お互い顔を見合わせクスクスする。

「おい！　聞いてるのか？」

ディアミドがドンドンとドアを叩いている。

「聞いてますよー」

ブリギッドは適当に答える。

「おい、入れろ。俺も入れろ！」

ディアミドがドアの前でごねていると、執事がやってきたようだ。ドアの向こうで、「静かにしましょうね」と窘められているのが漏れ聞こえてくる。

「俺は夫だ、入ったっていいはずだ」

「はいはい、今日のところは部屋に戻りましょうね」

「いや、俺も」

「お坊ちゃまはお休みの時間です。もちろん旦那様も寝る時間です」

「でも、ニーシャはまだ起きている！」

「お坊ちゃまのことは奥様にお任せしましょう？　まだ慣れていないのですから」

「いや、しかし、あいつは」

「行きますよ」

しばらくして、ズルズルと引きずられていく音が聞こえてきた。

強面のディアミドが、執事に叱られ引きずられていく様子を想像し、ブリギッドとニーシャはおかしくてコロコロと笑った。

ベッドの上でひとしきり笑ったあと、ニーシャは窓の外を見る。

冷たく感じていた月の光が温かく感じるのは、ブリギッドと笑ったからだろうか。銀色の月までも、微笑んでいる気がした。

ブリギッドはカーテンを閉じると、ベッドへ戻ってきた。そしてニーシャに布団をかけて、ポンポンとニーシャのお腹を叩きながら子守歌を歌う。

「ねぇ、ママ。僕が可愛くなくなったら嫌いになる？」

ニーシャは潤む瞳で、ブリギッドに尋ねた。

ブリギッドは、キュンと心臓を高鳴らせる。

「嫌いにならないわよ。どんなニーシャも大好きよ」

ブリギッドは自信を持って答えた。

ニーシャは真面目な顔をしてブリギッドを見つめた。そして、ゆっくりと息を吸い、いつもより低い声でささやいた。

「僕が怖い狼でも？　ママを食いちぎってしまっても？」

青い澄んだ瞳はもう潤みはなく、乾いた冬空のように冷たい。悪役になる片鱗が垣間見える。

しかし、そんな表情さえブリギッドにはご褒美だ。そもそも悪役の彼を推していたのだから。

「は、はぃぃ……。ニーシャになら食べられたっていいわぁ……。私、ニーシャの血肉になるのね」

頬を紅潮させブリギッドは続ける。

「あ！　でも、ニーシャちょっと待ってね!!　ニーシャの健康のためによい肉になるから!!　脂肪を減らして、赤身を多くするから!!」

ニーシャはその答えに噴きだした。

（ママは、どんな僕でも許してくれる）

可愛いふりをする必要はない、無害な子犬を演じなくてもよい。その事実がニーシャの心を落ち着かせる。

そして、ニーシャは目を閉じた。今度はいい夢が見られると確信する。

ブリギッドの歌声が、ニーシャを夢の世界に誘う。
（夢でもママに会えたらいいな）
ニーシャはそう思い、ブリギッドのナイトドレスをギュッと握りしめたのだった。

第五章　移動遊園地へ行こう

ニーシャが養子となって三ケ月経ったころ、ディアミドはひとり大聖堂の司教の部屋にやってきていた。

「やあ、ディアミド。結婚したんだってね。まさか、私がいない隙を狙って結婚したのかい？」

フランクに話しかけるのは、大聖堂の司教キアンである。この国の男性にしては珍しく、髪を長く伸ばし、緩くひとつに束ねている。

今年三十三歳となる彼は現国王の末弟だ。しかし、王族の証である黄金の髪には恵まれず、茶髪を理由に、幼いころに宮殿から離れて大聖堂で暮らしていた。若いころからたぐいまれなる資質を見せ、ゆくゆくは大司教になるだろうと噂されている。

先日まで、地方の聖堂を巡っていて王都から離れていたのだ。

「まさかそのようなことはありません。キアン猊下《げいか》」

ディアミドは聖者に対する敬意を示すように丁寧な言葉を使用し、膝をつき頭を垂れる。

実際キアンのいない隙を狙ったのだが、それは言えない。絶対に妨害されると思っていたからだ。

「もちろん冗談だよ。今度お祝いをさせてほしいな」

キアンはディアミドの肩に手を置いた。

「身に余る光栄でございます。猊下《げいか》」

ディアミドは、払いのけたい衝動をグッと堪える。

「獣性を我慢できて偉いね、ディアミド。君は強い子だ」

キアンは笑いながら、肩を揉んだ。

(猊下《げいか》は俺の獣性を知りながらあえて触れてくる。コントロールできるか確認しているのだろうな)

ディアミドは不快に思いながらも、しかたがないと理解する。もしも狼の凶暴性が暴走すれば、侯爵家の血筋は危険分子として根絶やしにされるだろう。

「よく、この状態で結婚できると思ったね？　それとも奥方様は平気なのかい？」

体を強ばらせるディアミドを見て、キアンが笑う。

彼はディアミドに成人秘蹟をおこなった張本人であり、成人秘蹟のあとも獣性が強く残り続けていることを知っている数少ない者のひとりだった。不完全な成人秘蹟など教会としてはあってはならないし、ディアミドにとっても獣性が抑えられないことは知られるわけにはいかない。それは、フローズヴィトニル侯爵家一族とキアンだけの秘密だった。

「恥ずかしながら、妻には拒否反応が出ないのです」

「へぇ……まさに運命の相手か……。ああ、フローズヴィトニル家では番《つがい》と呼ぶのだっけ」

「はい」

「ロマンチックな話だよね。フローズヴィトニル家の男が愛せる女はひとりだけ。しかも、その女が死んだら男まで衰弱するなんてさ」

「誇張された伝説にございます。さようなことはございません」

ディアミドは答える。

「ふぅん？　君の奥方様はとても積極的な方だって話だから、ほだされたのかな？」

「どなたから聞いたのでしょう？」

「初夜の儀式を受け持った司祭がね。奥方様のほうから誘っていたって」

キアンの言葉を聞いて、ディアミドはあの夜のブリギッドを思い出してしまう。カッと顔が熱くなり、耳まで赤くなってくる。

無防備なナイトドレス姿のブリギッドは色っぽく、あまりの刺激の強さに鼻血が出たほどだ。そんな彼女と朝まで過ごせたことは悶々としつつも幸せだった。

払いのけたいどころか、触れたかった。もっと、ずっと近くにいたかった。しかし、仮初《かりそめ》の夫婦なのだ。不用意に触れることなどかなわない。

（もっと……だと!?　くっ、俺がこんなに破廉恥《はれんち》な男だったとはっ！）

ディアミドは、自身の欲望に気がついて動揺した。

「どうしたんだい？　ディアミド？」

「なんでもございません。猊下《げいか》」

不可解そうな表情を浮かべるキアンに尋ねられ、ディアミドは取り繕った。なぜか、いつもは優しげなキアンの瞳が、冷たく輝いているように見える。

「奥方様は君の秘密を知っているのかい？」

「無論、話してはおりません」

「そうだね、恥ずかしくて話せないだろう。秘蹟を受けても獣性が抑えきれないだなんて、まるで獣だ」

ディアミドはギュッと唇を噛みしめてうつむいた。

（俺は人になれなかった卑しい獣。人並みの幸せを願うなど許されない。愛ある家庭など過分だ）

それは誰よりもディアミドが感じていることだった。跪いたまま、静かに落ち込む。

「そんなところに跪いてないで、椅子に座るがいい」

キアンに肩を強く叩かれながらそう促され、ディアミドは椅子に座る。

キアンはディアミドの向かいに腰かけた。

「そう言えば、お兄さんの遺児を養子に迎えたのだって？　結婚したばかりなのに、奥方様は嫌がらなかったのかい」

「妻は喜んでおります」

「そう、寛大な人だね。自分の産んだ子に侯爵を継がせたいとなるだろうに」

「彼女と子をなす気はありません」

ディアミドが答え、キアンは目を細めた。

「なぜ？」

「私はフローズヴィトニル侯爵家にあるまじき黒い髪です。きっと、生まれる子どもも黒髪でしょう。しかし、兄の子は銀髪です。私の血は残すべきではない」

ディアミドは自身の傷を口にした。

「君は誠実なんだね。そんなもの、気にしなければよいのに」

キアンは笑った。

「それに……私は鎮静剤なくしては生きられない。子どももそうなってしまったら可哀想です」

ディアミドの言葉に、キアンは神妙な面持ちでうなずく。

鎮静剤とは、キアンがディアミドのために内密に作っている、獣性を抑える禁制の薬だ。本来の性質をむりやり歪《ゆが》めるため寿命を縮める副作用があるが、それを知っていてもやめることができなかった。

「たしかに。鎮静剤には副作用もある。そんなものを飲み続け、周囲を騙し続けることはどんなに辛く苦しいだろうか。君のことは、心底気の毒だと思っているよ」

キアンの同情がかえってディアミドに突き刺さる。年に一度、誕生月の満月の日、ディアミドは獣性を抑えきれず、狼の姿に戻ってしまうのだ。

「そして、こんな君を好きになるなんて、奥方様も可哀想だね」

反論の余地はなく、ディアミドはただ唇を食いしばる。そのとき一瞬、キアンがなぜか微笑んだように見えた。

(可哀想と言いながら、どこか喜んでいるように見えるのは俺の被害妄想なのだろうか)

ディアミドは不審に思う。その目はどこか仄暗く、いつもと雰囲気が違ったように感じたのだ。

「そうだ、君たちを祝福するために、今度、大聖堂のお茶会に夫人とご子息を招待しよう」

キアンはパンと手を打ち鳴らし提案した。

ディアミドは唐突なことに思わず怯む。

「しかし、息子はまだ慣れていないので難しいかと」

「大聖堂を後援してくださる家門の夫人とお子様方を呼び、春と秋にプレップお茶会を開いているんだ。子どものためのお茶会だよ」

プレップお茶会とは、侯爵家以上の八歳から十二歳の子どもが集まり、マナーや人間関係を学ぶ場だ。王立魔法学園中等部に入学する前のプレスクール的なお茶会である。

「我が子ニーシャはまだ六歳です。いささか気が早すぎるかと……」

ディアミドが辞退すると、キアンは声をあげて笑う。

「王宮のお茶会ほど厳密なものではないから気にすることはないよ。それに、君の息子については、皆が興味津々なんだよ。変な噂が出回る前に、お披露目したほうがいいんじゃないかと思ってね」

キアンの言葉には一理あった。

「それほど噂になっているのですか？」

「ああ。どの家門でも元孤児を養子にすることについて懐疑的だよ。このままでは、その子が八歳になってもプレップお茶会に受け入れられないだろう。どんな子かわからないうちは家に招待などできないからね。……もちろん王宮なんてもっと難しい」

キアンはそこで一度切ると、再び口を開く。

「だったら、初めてのお茶会はどこにも属さない教会がいいんじゃないかい？　しかも、年も満たない状態なら、粗相があっても大目に見てもらえるだろう」

「ごもっともです」

「じゃあ、善は急げだ。秋のお茶会に招待できるよう、女子修道院長にかけ合ってみよう。お茶会を主催するのは彼女だからね」

「ご配慮痛み入ります」

キアンの提案に、ディアミドは頭を下げた。不安はあるが、ここまで気を遣われては断ることもできない。それに、ディアミドにはキアンに逆らえない理由があった。

「そうそう、今年の鎮静剤はそのときに渡すよ」

キアンにサラリと言われ、ディアミドはビクリと体を震わせた。

「今日はいただけないのですか……？」

「まだできていなくてね。それに、強い薬だ。子どもが誤飲してはいけないだろう？　お茶会で分別つく子かどうか確認してから渡したいと思っている。大切な薬だからね」

「そうですか」

ディアミドは苦しく思いながらも頭を下げる。

必要不可欠な鎮静剤をもらうためならば、ディアミドはなんでもしてきた。元帥でありながら、聖騎士隊《せいきしたい》の隊長としてモンスター討伐の最前線に立つのも、キアンの命令だ。彼が命じれば、王家にさえ弓を引かざるを得ないのだ。

「これは君だけの秘密ではないんだ。そもそもこんな薬が存在することを誰にも知られてはいけないのだから」

告げるキアンはなんでもないことのように、優しげに微笑んでいる。

その言葉に、その表情に、ディアミドは血の気が引いていくのだった。


翌朝。

フローズヴィトニル侯爵家の一日は、ニーシャとブリギッドのイチャイチャから始まる。

ブリギッドは貴族の振る舞いを絶賛勉強中のニーシャのすぐ横について、マナーを教えながら朝食を取る。

「ニーシャのマナーも板についてきたな。ブリギッドのおかげだ」

ディアミドが言う。

ニーシャはブリギッドが褒められたことがうれしくて、ご機嫌な顔で彼女を見つめた。フンフンと尻尾《しっぽ》が揺れている。

ブリギッドはそんなニーシャの姿にメロメロになる。

「ニーシャの努力がすごいんですよ」

「ううん、ママが上手なの！」

ニコニコといちゃつくふたりを横目に、ディアミドは告げた。

「大聖堂からプレップお茶会の招待が来た。そろそろ出席してもよいだろう。ぜひ、侯爵夫人も同伴くださいとのことだ」

プレップお茶会はそもそも保護者同伴だ。侯爵夫人とわざわざ指名してくるあたり、ブリギッドを見たいという意図も透けて見えていた。

「大聖堂のお茶会というと、主催は侯爵家女性が持ち回りで担当するのですよね？　今度の当番はどこの家門でしょう」

「ミズガルズ侯爵家だ」

「……知のミズガルズ侯爵家ですか？」

ブリギッドが尋ねると、ディアミドは静かにうなずいた。

「知のミズガルズ侯爵家？」

ニーシャが小首をかしげた。

ブリギッドは指を立てながら説明する。

「この国には、みっつの侯爵家があるの。知のミズガルズ侯爵家。義のスレイプニル侯爵家。それとニーシャの家門、武のフローズヴィトニル侯爵家ね。知のミズガルズ侯爵家とは何かと比較されがちなのよ」

勇猛で王国の騎士たちから絶対的な支持を得ているフローズヴィトニル侯爵家に対し、知的なミズガルズ侯爵家は文官たちからの人気が高い。両家がいがみ合っているわけではないが、周囲はどちら派だと言って騒がしくもあるのだ。

ニーシャはキュウンと耳を倒す。

「僕……自信ない……」

ニーシャはチラリとブリギッドを見た。

マナーに自信がないわけではない。ブリギッドにも、執事にもお墨つきをもらっている。しかし、プレップお茶会へ参加することになったら、もうブリギッドの指導を受けられないのではないかと考えたのだ。

「ブリギッドの指導で成果が出ないのなら、別のガヴァネスをつけたほうがよさそうだな」

ディアミドは素っ気なく言った。大聖堂の招待であり、キアンが直々に配慮したものだ。断ることはできない。

「私の力が足りず申し訳ございません。別のガヴァネスを紹介いたします……」

ブリギッドがシュンとして謝ると、ニーシャは慌てた。

「ママが悪いんじゃない！　僕が自信がないだけで！　ごめんね、ママ。僕、勇気を出して行ってみる！　だから新しいガヴァネスなんていらない！」

必死に訴えるニーシャを見て、ディアミドはニヤリと笑った。ブリギッドに甘えたいという、ニーシャの魂胆などお見通しなのだ。

「本当？　ニーシャ、無理しなくていいのよ？」

ブリギッドが気遣うと、ディアミドもウンウンとうなずいてみせる。

「ねぇ、ママ。僕、頑張りたいんだ。だめ？」

ニーシャが可愛く小首をかしげてみせると、ブリギッドは顔を赤らめて悶絶した。

「～～!!　ごめんね！　ニーシャ。そうね、心配じゃなくて応援よね！」

「うん！　ママに応援されたらなんでも頑張れる気がする！」

「きっとニーシャなら大丈夫よ！　お茶会まで一緒に頑張りましょう？　ニーシャにぴったりの服もあつらえましょうね？」

「僕、ママとおそろいがいいな！」

ニーシャに提案されてブリギッドはハッとした。デビュタントをしていないブリギッドにすれば、これが実質社交界デビューとなるのだ。

「ニーシャより私のほうが心配だわ……」

ニーシャは子どもだ。失敗も許される。しかし、ブリギッドは偽装ではあるが侯爵夫人だ。マナーの知識はあっても、経験が少ないことが目下の悩みだった。

不安そうなブリギッドを見て、ニーシャは励ました。

「ママ！　僕がいるから大丈夫だよ!!」

「そうね、ニーシャがいるものね!!」

見つめ合うふたりを見て、ディアミドは忌々しく思う。

「ブリギッド、気にするな。ミズガルズ侯爵家といえども、主催はたかだか侯爵令息の夫人だ。フローズヴィトニル侯爵家にとやかく言える者はいない。好きに振る舞え」

ブリギッドは苦笑いする。言い方は不器用だが、勇気づけようとしてくれていることが伝わってくる。一緒に暮らしてみて、ディアミドのそんな癖もだんだんわかってきた。

「ありがとうございます」

ブリギッドはにこやかに微笑んだ。

「そうだ、俺が贈った魔宝石のジュエリーをなぜつけない？　お茶会にはつけていくといい」

ディアミドが以前からの疑問を口にする。せっかく最高級の魔宝石でジュエリーをあつらえたのに、ブリギッドは身につけないのだ。

「あ、あれはですね、もったいなくてつけられなくて」

ニーシャカラーで作られた最高級ジュエリーは、ブリギッドの部屋のニーシャの祭壇に奉られている。

煌めくダイヤモンドで作られた狼に青い魔宝石の瞳がはめ込まれたブローチは、美術館の収蔵品のようだった。前世で見たハイブランドの動物モチーフシリーズのようで、普段使いというわけにはいかない。

「……もったいない？」

「だって、ニーシャきゅんの概念ジュエリーだから尊くて……」

「……？　概念、尊い？」

ディアミドはキョトンとする。

ブリギッドは説明するのも恥ずかしく、顔がだんだんと熱くなってくる。

「その、なんていうか、素晴らしすぎて、失くしたくなくて、つけられないんですっ！」

早口でそう答えると、ディアミドは声をあげて笑った。

「そんなに気に入ってくれたなら、それはそれでうれしい」

顔を赤らめワタワタするブリギッドと、ご機嫌なディアミド。そんなふたりを見て、ニーシャの胸は少しだけチクリと痛んだ。

(ママを見ておじさんが幸せそうに笑うの、なんだかちょっと、イヤだな)

ブリギッドは大好きな養母だが、ディアミドはまだ怖い叔父さんである。

養子にしてくれた恩義は感じるが、初めて会ったときの強引な態度はまだ忘れられない。それに、ブリギッドに成敗された姿を見て、情けない男だと感じていた。

そもそもなぜ、ブリギッドがディアミドと結婚したのか理解できない。ブリギッドなら、もっといい人と結婚できるのにと思ってしまう。

さらに警戒心と独占欲の強い狼の性質もあり、まだ心を開けずにいた。

ブリギッドはションボリとするニーシャに気づいて、ヨシヨシと彼の頭を撫でた。とたん、ニーシャの耳がピンと元気になる。

「ママ大好き!!」

(ママはすぐに気がついてくれる)

尻尾《しっぽ》をブンブンと振って、ニーシャは破顔した。

ブリギッドはその笑顔に、キュンと胸を撃ち抜かれる。可愛くて愛おしくてどうにかしてこの子を喜ばせたい。

「そうだ！　ニーシャ！　これからお茶会までお勉強を頑張らなきゃいけないから、その前に息抜

「きで移動遊園地へ行かない？」

ブリギッドは提案した。孤児院にいたころ、ニーシャが行ったことがないと言っていたことを思い出したのだ。ちょうど先日から、移動遊園地がやってきている。

「いいの？　僕、ずっと行ってみたかったんだ！」

「もちろん！」

「ママとデートなんてうれしい！」

「私もよ」

甘ったるい雰囲気を出しているニーシャとブリギッドを見てディアミドは鼻持ちならない。

「俺も行く」

「「……」」

突如、ディアミドが言い出して、ブリギッドとニーシャは無言になる。

「……なんだ？　一家団欒《いっかだんらん》になりよいだろう」

ディアミドが気まずそうな顔をすると、ブリギッドは思わず噴きだした。

「一家団欒《いっかだんらん》だなんて……、ディアミドも父親らしいことを考えるんですね」

「悪いか？」

「いえ、それもいいですね！　ニーシャもディアミドに慣れたほうがよいですし」

ブリギッドは、にこやかに笑う。

ブリギッドの同意を得て、ディアミドは勝ち誇ったように胸を反らした。そして、ニーシャを横目に見ると、ニーシャは不安げにブリギッドをチラリと見上げた。

「おじさんも一緒なの？」

ニーシャは悲しそうに尋ねる。当然ブリギッドとふたりで出かけるものだと思っていたから、水を差された気分になった。

ニーシャの銀の耳はぺたんと垂れて、青い瞳はウルリと水を帯びている。

「どうしても、一緒？」

ニーシャに問われブリギッドは、グワリと心臓をわしづかみにされた。

「……ニーシャきゅん……」

対して、ディアミドはしらけた面持ちでニーシャに答える。

「どうしても一緒だ。この機会を逃すと次の一家団欒《いっかだんらん》はいつになるかわからないからな」

「別に僕、一家団欒《いっかだんらん》いらないよ？　ママだけいればいい」

「あ？」

ニーシャの答えを聞いて、思わずディアミドはニーシャを睨んだ。

ブリギッドはふたりのあいだに険悪な空気を感じ、とりなす。Ｗｅｂ小説のようにニーシャを悪役にしないために必要なのは愛ある家庭だ。離婚する七年後までに、ディアミドとニーシャには仲のよい親子になってほしい。そのためには、交流を持ってお互いに慣れたほうがよい。

「ニーシャ！　ディアミドが一緒に行ってくれたら、ママ助かるんだけどな」

ブリギッドが言うと、ニーシャは小首をかしげた。

「ママが助かる？」

「うん。先に並んでもらったり、荷物を持ってくれたら、ずっとニーシャと手を繋いでいられるもの」

ブリギッドが答える。

「そっか！　ママとずっと手を繋げる！　なら、おじさんと一緒でもいいよ」

「ありがとう！　ニーシャ。では、準備をしなくちゃね！」

ブリギッドは妥協してくれたニーシャに礼を言う。そうして、ふたりは連れだってダイニングを出ていった。

取り残されたディアミドに、執事が尋ねる。

「本日のご予定は――」

「仕事の予定はすべてキャンセルだ。ブリギッドと移動遊園地へ行く。今日は一家団欒《いっかだんらん》だ。侍従は連れていかない」

ディアミドにとって、仕事より自分を優先したのは初めてだった。執事は微笑ましい姿を見たかのように、静かに目を細めてくる。

「では、家族の団欒が楽しめるよう、遠くで護衛するようにいたしましょう。馬車も目立たぬよう仰々しくないものを用意いたします。また、町歩き用の服も必要ですね。それと、銅貨でしょうか」

「銅貨？」

「屋台などでは金貨は使えませんから」

「そうなのか」

支払いはいつでも侍従がするから、ディアミドはそんなことも知らなかった。

ブリギッドと知り合ってから、新しい経験が増えていく。

「屋台で買い物か……。少し楽しみだな」

ディアミドがつぶやくと、執事はうれしそうに口許を緩めた。

それから一時間後、出発の準備が整い、エントランスに横付けされた馬車の前に三人が集まった。

ニーシャはブリギッドとそっと手を繋ぐ。

「僕、ママとお出かけ、すごーくうれしい！」

ニーシャは機嫌よく繋いだ手を振った。同じようにフワフワの尻尾《しっぽ》が揺れている。

ブリギッドの胸はキュンと跳ねた。か弱く小さな手を絶対に守らなければと、決意を新たにして
ギュッと握り返す。

「こうしてみると本当の家族みたいですね。ほら、ディアミドも手を繋いでください」

ブリギッドが促すと、ディアミドは一瞬困惑する。

「あ、ああ……」

歯切れ悪くそう言うと、ブリギッドの手を取った。

ニーシャとディアミドが各々ブリギッドと手を繋ぐ形になる。

「……」

ブリギッドは、困惑する。

ニーシャは眉をひそめた。

「違う、そうじゃないです。ディアミド……」

ブリギッドは不憫なものを見るような目でディアミドを眺めた。あまりにも家族というものをわかっていない。一家団欒《いっかだんらん》で手を繋ぐとなれば、子どもが中心になるものだ。

「ディアミドもニーシャの手を握るんですよ？　私と手を繋いでどうするんです」

ブリギッドに指摘され、ディアミドは慌てて手を離した。カッと頬が赤くなる。

「あ、ああ、そうか。そうだな。す、すまない」

「いえ、いいんですけど」

ディアミドはニーシャのそばに行き、彼の手を取ろうとする。しかし、ニーシャはさりげなくその手を避けて、両手でブリギッドの手を掴む。

「ねぇ、早く行こ？」

そうやってブリギッドを引っ張っていく。

ブリギッドは、ニーシャがディアミドを怖がっているのだと思った。

「ニーシャ！」

ディアミドは咎めるように名を呼ぶが、振り返ったのはブリギッドで唇に指を当て「怒らないで」と合図を送る。

ディアミドは小さくため息をついた。モヤモヤとしていると、ニーシャは馬車の前で小さな紳士の如く、ブリギッドをエスコートしてみせる。幸せそうに微笑みあうふたりを見て、胸がチクリと痛んだ。

（この痛みはなんだ？　俺だけ家族らしくできないことが寂しいのか？）

ディアミドは自分の思いに気がつかないまま、ふたりのあとを追い馬車に乗る。

隣り合って座るブリギッドとニーシャの横にディアミドも強引に腰かける。ニーシャを中心に、三人が横並びに座る形になった。

（きっと、ディアミドも家族らしくしようと努力してくれてるのね）

ブリギッドは満足だ。

ニーシャはディアミドを横目に見ると、コテンとブリギッドの膝に頭を乗せた。

「っ！　ニーシャ無礼だぞ！」

ディアミドが注意する。

「無礼なの？」

ニーシャはブリギッドを上目遣いで見た。

ブリギッドは口元を押さえながら身悶える。

「無礼なんかじゃないわ……！　ご褒美……いや、子どもなんだから当然よ!!」

ブリギッドは力説する。

「よかった！　ママ大好き！」

ニーシャがブリギッドの腰に抱きついてくるので、ブリギッドは天にも昇る気持ちである。

（推しが！　推しが……!!）

言葉もなく震えていると、ディアミドが不機嫌に言う。

「子どもといえど馴れ馴れしいぞ！　ブリギッドから離れろ！」

「……」

ニーシャはギュッとブリギッドにしがみつく。

「どうして俺の言うことを聞かない！　言うことを聞け!!」

憤慨するディアミドにブリギッドは笑う。

「ディアミドが命令するからですよ。命令だと子どもは反発するだけです」

「では、どうすればいいんだ」

「子どもの気持ちを尊重してください。『するな』ではなくて、『私はこうしてほしい』って言い換えてみたらどうでしょう？」

ブリギッドのアドバイスを受けて、ディアミドは言い換える。

「俺の膝を使ってくれ」

ニーシャは無言で首を振る。

ブリギッドは笑いを奥歯でかみ殺す。

「なぜだ！」

ニーシャは無言のまま、スリスリとブリギッドに頭を擦りつける。

ブリギッドはこれ幸いと、ニーシャの頭をナデナデと撫でまくると、その耳がうれしそうにヒョコヒョコした。

「なぜだ！　言い換えても無駄じゃないか」

むくれるディアミドを見て、ブリギッドはニヤニヤしてしまう。ふたりのやりとりが可愛かったからだ。

「うーん……？　信頼関係でしょうか？　もう少し仲良くなってからじゃないと、膝枕は難しいかもしれないですね」

ブリギッドはニーシャの頭を撫でながら答える。

（ディアミドもニーシャに触りたいのね。ニーシャは可愛いから気持ちはわかるわ。ここは私があいだに入ってあげないと……）

「ニーシャ、ディアミドが寂しそうだから、頭を撫でさせてあげてくれる？」

ブリギッドが尋ねると、ニーシャはしぶしぶというように小さな声で答える。

「……ママのお願いなら、……ちょっとだけだよ？」

「ありがとう」

ブリギッドはニーシャに礼を言い、ディアミドを見た。

「ディアミド、ニーシャが頭ナデナデさせてくれるそうですよ」

「……頭ナデナデ……」

ディアミドは戸惑う。

（俺がしたいのは、それなのか？　ニーシャに触れたいというよりも、ブリギッドに甘えるのが癪

な気がするのだが)

そんな自分の感情に名前をつけられず、ニーシャの頭に手を伸ばす。

「ゆっくり、優しく、です。やさぁしく……」

そういうブリギッドの表情がまるで聖母のようで、ディアミドは思わず見とれる。

「ディアミド?」

名を呼ばれてハッとして、ディアミドは慌ててニーシャの頭に手を伸ばした。柔らかすぎる銀髪が指先に触れ、驚いて手を引っ込める。子どもの髪は蜘蛛の糸のように繊細で、不用意に触ると、壊れてしまいそうに思えたのだ。

促すように見るブリギッドの視線に勇気をもらい、ディアミドはもう一度、手を伸ばした。そして優しく、ゆっくりと頭を撫でてみる。

見た目より小さく感じる頭に、銀の耳が温かい。ホンワリと心の奥に灯火が点るのがわかる。幼かったころ、じゃれ合った兄ネイトを思い出す。

(侯爵家を出て、兄上は幸せだったのだろうか……)

「兄さん……」

小さな小さなつぶやきを、ニーシャの耳がヒクリと拾う。しかし、ニーシャは素知らぬ顔でブリギッドを強く抱きしめた。

ブリギッドはただただニーシャの髪を堪能する。その手と、ディアミドの手がぶつかった。

「つ! すまない!」

動揺するディアミドにブリギッドは微笑んだ。

「気にしないでください」

まったく気にしていない様子のブリギッドに、ディアミドはなぜか胸が苦しい。そんな気持ちを抱えたまましばらくしていると、移動遊園地に到着した。

馬車から降りるときは、ニーシャに張り合うべくディアミドがエスコートをした。

フローズヴィトニル侯爵家の登場に、周囲の視線が集まる。

「フローズヴィトニル侯爵閣下よ。いつ見ても素敵だわ」

「ブリギッド様も侯爵夫人になられてからお綺麗に」

「あれが噂のご養子なのね。なんでも、行方不明になっていたお兄様の遺児だとか」

「では、跡継ぎはどなたになるの？」

「やっぱり、養子を受け入れるための偽装結婚だったのかしら？」

噂話が聞こえてきて、ニーシャは不安げな顔でブリギッドを見上げた。

ディアミドは威嚇するようにギロリと周囲に睨みをきかせ、ブリギッドの腰に手を回す。

（はい！　仲良し夫婦演技タイムですね？）

ブリギッドはキリリとした顔で、ディアミドを見上げ身を委ねた。

ディアミドはブリギッドに触れてホッとする。

（やはり不思議だ。彼女に触れると安心する）

そう思い、手に力が入る。

（やけに演技に力が入ってるのね？　では、私も協力します！）

ブリギッドはそう思いつつ、笑顔を咲かせた。

「ディアミドったら、周りの方々が見ていますわ。ひとときも私を離したくないのはわかりますけれど……恥ずかしいわ」

上目遣いで小首をかしげてみせる。すると、意外にもディアミドが赤面した。

「っ……、あ、あぁ……」

しどろもどろに答え、片手で顔を覆い、目を逸らした。

「侯爵閣下の名前を呼び捨てだと……!?」

「……ねぇ、あの鉄壁侯爵閣下が照れていらっしゃる」

周囲がざわめくなか、意外なほど照れるディアミドの姿にブリギッドも動揺する。

ニーシャは生暖かい目でディアミドを見ると、ブリギッドの手を引っ張った。

「ママ！　ママ！　一緒にメリーゴーランドに乗ろうよ！」

そうやって、ブリギッドを引っ張っていく様子は微笑ましく、継母と継子にはとても見えない。

「見ているこちらがホッコリするほど仲がいいですね」

「実の親子と言われても不思議ではないですわ」

「どうやら、ブリギッド様が支援していた孤児院の子どもだったとか」

「そもそも、ブリギッド様のガヴァネスとしての実力は有名でしたからね」

「そうそう、孤児にも深い愛を注がれるブリギッド様を見て、フローズヴィトニル侯爵閣下が恋に落ちたのだとか……」

「まぁ！　まるで、その子がキューピッドね！　素敵なお話だわ！」

そんな声はブリギッドの耳に入らない。何しろ、推しが自分の手を引っ張っているのだ。

(あぁぁぁぁ、なんてご褒美！　なんてご褒美！)

ご機嫌でメリーゴーランドの前に行く。

「ニーシャは何に乗りたい？」

「僕、馬がいいな！　白い馬！　あ、……でも、ママと一緒に乗りたいから、やっぱり馬車にする」

ニーシャが答えたところで、ディアミドがやってきて、スイと持ち上げて白馬に乗せる。

「……おじっ！」

言いかけて、ニーシャは口を噤んだ。外では『父上』と呼ぶよう言われていたことを思い出したのだ。

「……僕、ママと乗りたいから馬車にする。降ろしてください」

ニーシャが丁寧に頼むと、ディアミドはブリギッドを抱き上げ、ニーシャの後ろに乗せた。

「これでいい」

ディアミドがドヤ顔で言う。

ニーシャとブリギッドはキラキラとした目でディアミドを見た。

「ありがとう！」

ニーシャが素直に礼を言い、ディアミドは照れたようにコホンと咳払いをする。

「『パパ』でいい」

「『……?』」

ブリギッドとニーシャは耳を疑い、お互いに顔を見合わせる。

（……ディアミドが自分のことを『パパ』って言ったの？）

ブリギッドは信じられない思いで、ディアミドを見る。

「だから、父上が呼びにくいなら、まだパパでいいと言っているんだ」

首を掻きながらディアミドがゴニョゴニョと答えた。

ブリギッドは、パァァァと笑顔になる。ディアミドはニーシャを侯爵家の後継者として厳しく躾《しつ》けたがった。頑なに『父上』と呼ばせようとしていたのだ。しかし、そのこだわりをニーシャのために捨てたのである。

（ディアミドなりに少しずつ歩み寄ろうとしているのね。このまま、一歩ずつ仲良くなってくれたらうれしいわ）

戸惑ったようにうつむいてしまうニーシャの肩をポンとディアミドが叩いた。

「ママを落とさないようにな」

「はい！」

ニーシャは笑顔になって顔を上げた。

そのとき、メリーゴーランドのブザーが鳴り響き、動きだす。

ディアミドは木馬から離れると、メリーゴーランドの柵の外へ出る。そこから、白馬に乗るふたりを眺めた。

ノスタルジックな音楽とともに、ゆっくりと木馬が回る。楽しそうに白馬に乗る母子が、ディアミドの前に戻ってくる。

ニーシャはディアミドを見つけると、無邪気に手を振った。ディアミドもそれに小さく手を振り返す。

まるで親子のようなふたりを見て、ブリギッドは心から喜んだ。ギクシャクしがちなふたりの距離が、少しでも縮まったように見えてうれしかった。

(本当の家族になれたみたい)

心の中でそう思い、後ろからギュッとニーシャを抱きしめる。

ニーシャはブリギッドに力強く抱きしめられて、幸せいっぱいな気分になる。

「ママ、いつか、本物の馬でお出かけしたいな」

「そうね。もう少し大きくなったら、一緒に練習しましょう」

「僕にも乗れるようになる?」

「もちろんよ」

「そうしたら、僕と一緒に乗ってくれる?」

ニーシャが小首をかしげ、ブリギッドは昇天寸前だ。

「こちらこそお願いしますぅ。王子様」

ブリギッドが震え声で答え、ニーシャはおかしくて笑った。

三人は移動遊園地を存分に楽しんだあと、ひと休みする。ニーシャが目で追っていた、トフィー・アップル――琥珀色したリンゴ飴――をブリギッドは買ってあげる。

するとと、ニーシャは目を輝かせて、トフィー・アップルにかじりついた。

「かたーい！」

ニーシャはキャイキャイとはしゃぎながら、ガツガツと飴にヒビを入れ、シャクリとリンゴをかじる。大きな口を開けて頬張る姿が可愛らしい。

汚れる口の周りをブリギッドが拭いてやると、ニーシャはお礼にとリンゴ飴を差し出してくれた。その食べかけのリンゴ飴をためらいなく食べる。

ディアミドは、べっこう色の飴がブリギッドの頬で光っているのを見て小さく笑う。

（旨そうだな）

思わず手を伸ばし、ブリギッドの汚れた頬を指で拭い、その指を舐めた。

ディアミドが満足げに微笑む姿を見て、ブリギッドはカッと頬が熱くなる。心臓がバクバクと音を立て、赤くなった頬を手で押さえて隠す。

（え!?　何？　まるで愛し合ってる夫婦みたいじゃない！　演技にしてもやりすぎよ！）

「まぁ、なんて仲がよいご夫婦なんでしょう」

三人を見て噂する声が、ブリギッドの耳にまで届く。その様子は周囲から見ても、仲のよい親子そのものだった。

（そうよ、そう！　これはプロモーション!!　仲がいいアピールなんだから、勘違いしちゃだめよ！）

ブリギッドは自分自身に言い聞かせた。

二股帽子を被ったピエロが不意に近づいてきて、猫の形をした可愛らしい風船をニーシャへ手渡した。

「ありがとうございます！」

ペコリとお辞儀するニーシャの腕に、ブリギッドが風船の紐を結びつけてやる。

そのとき、ピエロは手品のように造花を一輪ポケットから出した。そして、その花をブリギッドの髪に挿す。香水がつけられているのだろう。薔薇のような香りがした。

「おいっ！」

ディアミドが咎めると、ピエロはサーカスのチラシを手渡し、ボウ・アンド・スクレープをしてみせる。

「ああ、サーカスの宣伝なんですね」

ブリギッドが確認すると、ピエロはコクリとうなずいた。

「ニーシャ、見てみたい？」

ブリギッドが尋ねると、ニーシャは目を輝かせコクコクとうなずく。

「ディアミド、いいかしら？」

「もちろん、かまわん」

ディアミドが答えると、ピエロはニコリと目を細め、新しいチラシに大きく〝スペシャルサービス〃と書いた。そして、ブリギッドの造花を指さしてから、チラシをトントンと叩き手渡す。

「ん？　これ？　……あ！　この花とこのチラシを持っていけば入れるの？」

ピエロはうなずき、指でOKのマークを作ってみせる。大きくうなずくと、バイバイをして次のお客にチラシを配りに行ってしまった。

それから三人は一緒にサーカスを見にいった。仮設の大きな丸いテントにはたくさんの人が集まっていた。

入り口に向かい、チラシをみせる。〝スペシャル〃と書かれたチラシを見た職員は驚いて、三人を最前列へと案内した。ブリギッドがもらった造花をつけている人は誰もいない。

(もしかして、ディアミドなりのサプライズだったのかしら？)

ブリギッドはチラリとディアミドを見るが、彼は素知らぬ顔をしている。

(気がつかない振りをしなくちゃ野暮よね)

ブリギッドはそう思い、何も尋ねなかった。

「わぁぁぁ！　すごい……！」

ニーシャは大興奮だ。

「ニーシャ、後ろの人に迷惑だから、風船は抱っこしておきましょう」

ブリギッドが諭すと、ニーシャは素直にうなずいて、猫型の風船をギュッと抱きしめる。

あまりの可愛らしさにブリギッドは身をよじるが、ディアミドはそれを呆れ顔で眺めていた。

いよいよ、サーカスが開演する。

可愛らしい犬たちのショーからはじまり、ピエロのジャグリング、大きな玉に乗る曲芸師、巨大な象まで現れて、テントの中は熱気に包まれている。

そして、このサーカスの大トリは、モンスターによる火の輪くぐりだった。

鉄格子の檻に入れられたウォーターレオンがステージの上に現れる。ウォーターレオンとは、青い毛並みの見た目はライオンのような生き物だ。しかし、水生モンスターで、炎は苦手なのだ。

檻を押してくるのは、獣の耳がついた大人だった。奴隷なのだろう、逃げられないように首輪をつけられている。

獣の耳がついたまま大人になったということは、成人秘蹟を受けられなかった証だ。獣性が残っていると、凶暴で罪を犯すことが多いため、差別されているのだ。定職につくことができず、奴隷にされたり、その日しのぎの危険な仕事で暮らしていることが多い。

(ニーシャには見せたくなかったな……)

ブリギッドは思わず眉をひそめた。この世界の習慣とはいえ、転生前の記憶がある彼女にとって気持ちのよいものではない。

(そういえば、ニーシャが悪役として殺されたのも、成人秘蹟を受けられなかった悪人たちを束ねて組織を作っていたからだったっけ)

ニーシャはキョトンとして耳をピクピクと動かした。きっと、まだ意味がわからないのだろう。

愛らしいニーシャを見てブリギッドは和む。

(でも、絶対、小説どおりにはさせないからね。ニーシャきゅん)

「ママ、見て！　はじまるよ！」

ニーシャが舞台を指さして、ブリギッドはハッとした。舞台の中央の輪に火がつけられ、オレンジ色に輝く炎がメラメラと音を立てている。

最前列で見ているブリギッドたちも緊張してきた。

奴隷たちがビクビクしながらウォーターレオンの檻を開く。奴隷と同じ首輪をつけたウォーターレオンは、奴隷たちに大きな雄叫びを上げ、襲いかかろうとする。

同時に、屈強な奴隷が魔法の鞭を持って現れ、ウォーターレオンに振るう。すると、ウォーターレオンは尻尾《しっぽ》を足のあいだに巻き込み、ビクビクと炎の輪に向かった。

それを見て、ドッと歓声が沸き起こる。

(悪趣味ね……)

ブリギッドはため息をつきつつ、ニーシャを見る。

ニーシャはおびえながら、すがるような目でブリギッドを見た。

ブリギッドはニーシャの肩を抱き寄せる。

「大丈夫よ」

「うん」

ニーシャはブリギッドに甘えるようにもたれかかった。

ピシャリ、床に打ちつけられる鞭の音が響く。そして、炎の輪に向けられるべき鞭の先が、なぜか客席に向けられた。

ウォーターレオンは視点の定まらない濁った瞳で力なく客席を見る。クンと鼻を鳴らしたかと思えば、次の瞬間、ブリギッドを見て瞳を煌々とさせた。

大きなモンスターでありながら身は軽いウォーターレオンは、音も立てずに舞台から飛び降りる。たてがみが風になびき、長い尻尾《しっぽ》がタシリと床を叩いた。ウォーターレオンから水しぶきが飛び散る。

シンと静まりかえり、空気がヒンヤリと凍えた。

「あおぉぉぉおん」

ウォーターレオンが何かを欲するように吠え、客席に向かって走りだした。

ワッと観客たちが立ち上がり、先ほどまで嘲笑していたのが嘘のようにおびえた悲鳴が満ちる。恐怖で泣き叫ぶ子ども、子どもの名を呼ぶ親の声、椅子が倒れ、罵倒がテントを震わせた。

ブリギッドは咄嗟にニーシャを抱き上げ、逃げようとする。

「ママ！」

ニーシャはブリギッドにしがみついた。

(ニーシャを連れて早く逃げなきゃ!!)

「おい！」

ディアミドが声をかけるが、必死なブリギッドにはその声も聞こえない。

(早く安全なところへニーシャを連れていかなくちゃ！　怖い目に遭わせたくない)

ブリギッドはそう思い、あたりを見回した。しかし客席ではパニックが起こり、入り口に向かってドミノ倒しになっている。

「これ以上進まないで！」

「子どもが下敷きになってる！」

「早く外へ出ろ!!」

混乱と怒号が渦を巻く。

（あんな危ないところへニーシャを連れていけないわ。ほかの出口は……。そうだ、舞台から舞台裏に繋がっているはずよ！　前世でサーカスの舞台裏を見たことがある！）

舞台袖のほうから裏口に逃げられると考えたブリギッドは人々とは逆の舞台へ向かう。けれども、なぜかウォーターレオンはブリギッドたちに狙いを定め、執拗に追いかけてくる。

「いや！　来ないで!!　あっちいって!!　私なんか美味しくないんだから!!」

ブリギッドは足で周囲の備品などを倒し、行く手を阻みながら逃げる。しかし、ウォーターレオンは倒れた備品を蹴散らし、ブリギッドたちに追いすがる。

（なんで、私たちを追うの？）

舞台袖から逃げようとして走ったものの、そこには大きな荷物があり通れない。

（どうしよう……逃げ場がない!!　ニーシャだけでも助けないと！）

ウォーターレオンは甘えるようなうなり声をあげ、尻尾《しっぽ》を振りながらブリギッドとの距離をつめてくる。

（おかしい。なんで私たちだけを狙うの？　私たちとほかの客は何が違うの？）

ブリギッドは考え、ある考えを思いつく。

(これだ!!　薔薇の香りのする造花!!　私以外につけている人はいなかった。そういえば、猫系モンスターを寄せつけるお香《こう》は薔薇の香りがすると習ったわ)

そして、ニーシャを自分の後ろに下ろし、ウォーターレオンに対峙した。

「ニーシャ、ここから先はひとりで逃げてちょうだい！」

「でも、ママっ！」

「ママが強いの知ってるでしょ？　あの軍神を倒した女よ！」

ブリギッドはニーシャへウインクして見せる。

「僕だって……！」

ニーシャが言いかけると同時に、ウォーターレオンが吠えた。

あまりにもおぞましい咆哮に、ニーシャは足がすくんでしまう。

(僕の弱虫！　僕がママを守りたいのに!!)

ニーシャは自分が情けなかった。ブリギッドを守るどころか足手まといにしかなれない。

動けないニーシャを見て、ブリギッドは一刻の猶予もない状況だと悟る。

「これがほしいんでしょ!?」

ブリギッドは叫ぶと同時に、ピエロからもらった造花をウォーターレオンに向かって投げつけた。

ペシリと造花が鼻先に当たると、ウォーターレオンはハッとして、落ちた造花の匂いを嗅ぐ。

(その花に夢中になってくれれば逃げられるはず――)

ブリギッドがそう思った瞬間、ウォーターレオンはメロメロとした目を彼女に向けた。

(目が合った!!)

「ぁおぉぉぉおん」

再びウォーターレオンは雄叫びをあげた。背を丸めてから、ブリギッドに向かって飛びかかる。

ヒンヤリとした水しぶきが、ブリギッドに降り注いだ。

ブリギッドはニーシャを抱え込み、モンスターに背を向けた。ニーシャを抱えたままでは、戦うこともできない。

(殺される——!!)

そう思った瞬間、背中に生暖かい飛沫が飛んできた。

ゴトリと鈍い音がして、鉄の匂いが辺り一面に広がった。濁った青色の液体が広がる。モンスターの血液だ。

「あ……、あ……」

ニーシャがブリギッドの背中越しに指を差す。

ブリギッドが慌てて振り返ると、殺されたウォーターレオンの向こうに、青い血の滴る剣を振ったディアミドが立っていた。無表情のまま、頭から離れたウォーターレオンの胴体を眺めている。

ヒクヒクと小刻みに動いていた前足が静かに動きを止めたとき、ディアミドは顔を上げブリギッドを見た。それはまさに気高き軍神そのもので、ブリギッドの心臓はドキンと大きく跳ねた。

(まるで、物語の中のヒーローみたい……!)

ブリギッドはほれぼれとする。

ニーシャは呆然とした眼差しで、ディアミドを眺めている。

「大丈夫か」

「……はい」

ブリギッドはドキドキとしたまま、短く答える。

恐怖でぐちゃぐちゃの心の中に、ディアミドがひと筋の光として差し込んだ。喜びと感謝がないまぜになり、胸がはち切れそうだ。潤む瞳でディアミドを仰ぎ見る。

ディアミドはブリギッドの安全を確認すると、血塗られた剣を片手に、鞭を持っていた奴隷を捕らえた。

「責任者はどこだ」

ひと言尋ねると、奴隷はガタガタと震えながら、無言で反対側の舞台袖を見た。

そこには逃げだそうとしているピエロがいた。先ほどブリギッドたちにチラシをくれた二股帽子を被ったピエロだ。

ディアミドは荒々しく奴隷を離すと、ピエロの行く手を阻んだ。

「どこへ行く」

ピエロはヘラヘラと薄ら笑いを浮かべ、無言で首を振る。

ディアミドは片眉を上げると、モンスターの血で濡れた剣をピエロの赤い鼻に刺す。そして、ピエロの二股帽子を奪い取り、顔の白いドーランを乱暴に拭った。

「あ！　カットさん⁉」

思わずブリギッドは声をあげた。

「カット……。ブリギッドにセクハラをしたという男か」

ディアミドは吐き捨てると、みぞおちを蹴り上げた。

「カハッ」

カットは嘔吐《えず》き、しかし、ヘラヘラとディアミドを見上げた。

「……違うんです！　誤解です！　彼女と俺は愛し合っていて」

カットの言葉を聞き、ディアミドはブリギッドを見る。

ニーシャもブリギッドを見る。

ブリギッドはブンブンと頭を横に振った。

「嘘です！　私がニーシャきゅん以外にうつつを抜かすはずないわ‼」

力説するブリギッドに、納得するディアミド。ニーシャはテレテレと照れている。

「わざと、ブリギッドにモンスターをけしかけたな？」

ディアミドが睨むと、カットはヘラヘラと言い訳をする。

「ま、まさか、そんなことできるはずない。そうだ！　しょ！　証拠はあるのか！　俺がモンスターをけしかけたっていう」

「ありますよ」

ブリギッドが答える。そして、ピエロからもらった造花を拾い上げ、ディアミドに渡した。

「この造花を調べてください。猫系モンスターを呼び寄せる香りがついているみたいです。私、鼻がいいんです」

「猫の獣性を持つ私ですらわからないのに、そんな匂い、わかるはずがない」

カットは口を滑らせた。

「語るに落ちたな」

ディアミドは吐き捨てると、カットの腕をねじり上げた。

「っ！」

「なぜブリギッドを襲った」

ディアミドが尋ねる。するとカットはブリギッドを睨み上げた。

「この女のせいで、俺の家庭はめちゃくちゃだ！　セクハラの噂のせいで、誰もうちのガヴァネスになりたがらない。そのうえ、違約金の支払いだ！　妻は娘を連れて出ていった!!」

「セクハラは噂ではなく事実だろう。自業自得であって、ブリギッドに関係はない。頭を冷やすんだな」

冷ややかに断じるディアミドを無視し、カットはブリギッドを指さし吠えた。

「許さない！　お前だけが夫と息子と幸せになるなんて許せない!!」

喚くカットをディアミドが袈裟斬りにする。

カットは膝をついた。すると、ピエロの衣装がハラリとその場に落ちた。服だけを切ったのだ。

周囲は恐怖で静まりかえる。

「……バケモノ……」

カットがつぶやき、ディアミドは体を強ばらせた。

（都合のよいときは褒め称え、陰ではバケモノと恐れられる）

羨望の眼差しの裏にある、嫉視《しっし》と陰口。モンスターを一掃する軍神としての畏怖は、恐怖と表裏一体だ。圧倒的な力を持つディアミドのことを陰では『狼そのもの』とそしる者もいる。繰り返しさらされてきた悪意だが、慣れるものではない。

ディアミドがモンスターに剣を向けているうちは英雄として持ち上げる。しかし、人に、自分に剣を向けることがあったらと考えると怖ろしくなるものなのだ。

（きっとブリギッドもおびえただろう……）

ディアミドは恐る恐るブリギッドを見た。

「すごい……！　服だけ切るなんて！　さすがソードマスターね!!　孤児院で出会ったときは、手加減してくれていたんですね。なんて紳士なの！」

しかしディアミドの予想とは反対に、ブリギッドは目を輝かせていた。

ブリギッドの胸に隠れていたニーシャも瞳をキラキラとして、コクコクとうなずく。ブリギッドの窮地を救ったディアミドを尊敬した。こんな男になりたいと思ったのだ。

そうして、トテトテとディアミドに近寄って、その長い足をキュッと掴んだ。

「あの、……ありがとう……ございます……。ママを助けた……パパ……格好よかった。僕も、ソードマスターになれるかな？　僕もパパみたいに、ママを守れるくらい強くなりたいの」

モジモジとニーシャが言う。

ディアミドはその様子に面くらい、破顔した。

(まさか、この子がこんなことを言い出すなんて思いもしなかった。俺を怖がるどころか、俺みたいになりたいだなんて)

残酷《ざんこく》で凶暴な姿をみせれば、さらに嫌われるだろうと覚悟を決めていたのだが、思わぬ言葉に胸がいっぱいになる。

「ああ、お前ならなれる」

ディアミドは喜び、ニーシャの頭をワシワシと撫でた。

親子らしい光景にブリギッドは胸を押さえた。

(あまりの尊さに殺されてしまう!!　ニーシャがパパだって！　ニーシャがパパって!!　そうだ、ニーシャがパパって言ったから、今日は記念日!!)

「ここに記念碑を建てよう!!」

突如、ブリギッドが宣言し、ディアミドとニーシャは目を見開く。

「ブリギッド?」

「ママ?」

ふたりの視線を受け、ブリギッドはハッとした。

「ああ、心の叫びが声になってしまったわ！」

ブリギッドの言葉に、ふたりは笑った。

笑いあう家族の横で、警備隊がカットを捕らえ、人々を誘導している。

ディアミドは警備隊員にモンスターの血で汚れた造花を渡した。

「大切な証拠だ。保管しておいてくれ」

警備隊員は敬礼し、造花を持っていった。

（一介の市民にモンスターのおびき寄せ香《こう》など手に入れられるのだろうか……）

ディアミドは嫌な予感がした。

モンスターのおびき寄せ香《こう》は、大聖堂の管轄だ。モンスター討伐でのみ使用を許されている。いくら裕福だとはいえ貴族でもない商人が、簡単に手に入れられるものではない。

ディアミドの脳裏に、キアンの姿がチラリと横切った。

（ありえない。ニーシャのためにお茶会まで配慮してくれたお方だ。こんなこと、考えるはずはない）

一瞬生まれた疑いを、ディアミドはすぐに否定した。

（しかし、出所については内々に調べなくてはいけないな）

ディアミドはそう考えた。

第六章　波乱のプレップお茶会

今日は大聖堂でのプレップお茶会である。たまたま聖騎士隊《せいきしたい》の仕事が入ったディアミドは先に大聖堂へ行った。

ブリギッドは、ニーシャと親子リンクした水色の茶会服《ティーガウン》に着替え、久々にザマス眼鏡をかけた。

ニーシャは怪訝な顔でブリギッドを見る。

「今日はその眼鏡をかけていくの？」

「きっと、〝ザマス眼鏡のブリギッド〟の登場をお待ちかねだと思うから」

ブリギッドが不敵に笑うと、ニーシャも悪い顔で口許を緩ませた。

排他的な上位貴族たちの集まりに参加する場合、主催者や主催者以上の身分の者からの紹介でもない限り、ちょっとした洗礼を受けることがある。そうやって、付き合う価値がある相手なのか見極めるのだ。

しかも、今回の会場は大聖堂、主催者はミズガルズ侯爵家だ。

そのうえ、ブリギッドは頭脳明晰といわれるミズガルズ侯爵家の子息を抑え、王立魔法学園中等部を首席で卒業した。歴代初の女性首席だった。

高等部に進学しないのだから遠慮しろと、当時はとやかく言われたものだった。ブリギッドに言わせれば、高等部に進学できないからこそ首席で卒業したかったのだが。

（ひと波乱ありそうよね……）

ブリギッドは思う。

「ニーシャ、何かされたら私に言うのよ？　お仕置きしてあげるから！」

ブリギッドは力こぶを作ってウインクしてみせた。

ニーシャはフフフと笑う。

「うん！」

それからふたりは大聖堂に向かった。


招待状に書かれた時刻の三十分前であるが、ブリギッドたちは大聖堂に到着した。案内役のシスターは、驚き気まずそうな顔をしながら、ブリギッドたちを中庭に連れていく。

中庭にはすでに、プレップお茶会に招待されている人々が集まっていた。招待状に書かれていた時間が、すでに間違っていたのだろう。

（初歩的な意地悪よね。確認しておいてよかった）

ブリギッドはほくそ笑む。

予定より早いフローズヴィトニル侯爵家の登場に、お茶会のメンバーたちはザワついて主催者を見た。しかし、ミズガルズ侯爵令息夫人は、すました顔で挨拶をしてくる。

「ようこそいらっしゃいました。フローズヴィトニル侯爵夫人」

「早く到着しすぎてご迷惑かと心配しておりましたが、皆様おそろいで安心しましたわ。ミズガルズ侯爵令息夫人。こちらは息子のニーシャです」

ブリギッドがニッコリと笑いながらニーシャを紹介すると、ニーシャは優雅にお辞儀をした。日の光でキラキラと光る銀髪には天使の輪ができ、まだ頭に残っている耳と尻尾《しっぽ》は子どもらしく元気にピンとしている。天頂《てんちょう》の青を閉じ込めたような大きな瞳が、夫人たちを映し取った。

「ニーシャです。よろしくお願い……いたします……！」

たどたどしい挨拶だが、ニーシャが微笑めば、その天使のような美しさに夫人たちは大きくため息を漏らした。

ブリギッドは心の中でガッツポーズだ。

(どうよ！　私の推しの威力!!　どんな夫人だって一瞬で悩殺よ！)

ミズガルズ侯爵令息夫人も一瞬よろめいたが、コホンと咳払いをする。そして冷たく告げた。

「子どもたちはあちらに集まっております。ご案内して」

シュンとして尻尾《しっぽ》を下げるニーシャを見て、周囲の大人たちはその姿に憐憫《れんびん》を覚えた。シスターがニーシャを思いやるようにして先導する。

ブリギッドは心配でハラハラしてしまうが、ニーシャは「がんばるよ！」と言わんばかりに、ガッツポーズをしてみせる。

そのあざと可愛い様子に、周囲の夫人たちは思わず微笑んでしまい、思わず口元を扇で隠した。

そうして、ブリギッドが末席に座ると戦いの火蓋は切られた。

「ブリギッド嬢ははじめましての方も多いのでは？」

あえて嬢つきで名前で呼び、侯爵夫人として認めていないのだと言外に告げてくる。そして、デビュタントもしていないブリギッドに恥をかかせようとしているのだ。

数人の夫人たちがクスクスと笑う。

「私はフローズヴィトニル侯爵夫人とは王立魔法学園中等部でクラスメイトでしたわよ」

そう助け舟を出したのは、学生時代の友人のひとりで、現在はスレイプニル侯爵令息の妻になっているエクネだった。

「そういえば、ミズガルズ侯爵令息も同じクラスでしたね」

ブリギッドが続ける。ブリギッドはエクネにアイコンタクトをすると、彼女もそれにウインクで返す。

エクネは、ブリギッドが没落してから疎遠になっていた。しかし、それはブリギッドがエクネを案じて距離を取っているのだと理解していた。しかたがないことではあるが、そこにもどかしさを感じていた。だからこそ、ブリギッドが社交界デビューした今、サポートしたいと考えていたのだ。

エクネは、今日の企みを知り、ブリギッドに正しい集合時間を伝えた。

「そ、そうでしたか。私は年が違うので存じ上げませんでしたわ。社交の場にはいらっしゃいませんでしたし。何かわからないことがあったら、なんでもおたずねになって？」

ミズガルズ侯爵令息夫人は慌てて話題を変える。このまま学生時代の話をされては、自分の夫が知のミズガルズ家でありながら、首席卒業していないことがバレてしまうからだ。

「ご配慮ありがとうございます」

ブリギッドがニッコリと笑った。喧嘩をしにきたわけではない。

ミズガルズ侯爵令息夫人は取り繕った顔で口を開く。

「今日は皆さんフローズヴィトニル侯爵夫人に興味があるようだからいろいろとお話しくださるとうれしいわ」

夫人のひとりがブリギッドを見た。

「侯爵閣下とはどこでお知り合いに？」

「孤児院で……」

「まぁ！　やっぱり噂は本当でしたのね！　あの子は孤児だったんですか。だからあんな、あざといことを、ねぇ？」

いやらしい顔つきでブリギッドを見極めようとする。

ブリギッドはカチンとくる。自分のことはともかく、ニーシャを馬鹿にされるのは許せない。

「わけあって孤児院におりましたが、ニーシャは侯爵家の血統です」

「あら、そう？　狼というより子犬といった風情だったけれど」

夫人は嫌みを発揮したが、ブリギッドには通じない。なんなら褒め言葉として受け取った。

「そうなんです！　ニーシャはとっても可愛いんです‼　サモエドの子犬のようですよね？　はー、可愛い、毎日見ても可愛い‼　わかってくださいますか？　わかってくださいますよね⁉」

思わず愛が爆発するブリギッドに、周囲の夫人たちはドン引いた。嫌みの通じない無神経さにもだが、継子をここまで溺愛するのにも引く。

「たしかに天使のようでしたけれど……」

エクネは引きつつもあいだを取り持つ。

夫人のひとりが咳払いをした。どうにもブリギッド相手では嫌みも調子が狂う。

「でも、あまり侯爵閣下には似てらっしゃらないのね？」

「そうですか？　笑ったところはよく似てますよ？」

ブリギッドの答えに、周りがザワつく。

「あの鉄壁と呼ばれる侯爵閣下が？　笑う……？」

「嘘でしょう？　どなたか見たことはあって？」

「いいえ、夫ですら見たことはないと……」

鉄壁フローズヴィトニル侯爵が、ニーシャのような天使の微笑みを浮かべるところを想像し、夫人たちはかぶりを振る。ありえないと思った。

「ご冗談がお上手ですこと」

「冗談ではありませんわ」

「ちまたでは噂でしてよ？　孤児を引き取るための偽装結婚だって」

ミズガルズ侯爵令息夫人は笑いながら言うと、お茶会がシンとなる。もし偽装結婚であれば、国王も教会も許さない。事情を知らないエクネもブリギッドを見た。

「いいえ、あの、……私たち愛し合って……」

ブリギッドは顔を赤らめてしどろもどろに答えた。恋愛に慣れていないため、〝愛〟などという単語に照れがあるのだ。

「スッキリとおっしゃらないのね？　そもそもブリギッド嬢は男嫌いだと聞いています。政略結婚はともかく、離婚を前提とした偽装結婚は神を欺く行為よ」

「けっして、そうではなく、私、彼を愛しています!!」

ブリギッドは羞恥を堪えながら顔を真っ赤にして反論する。

「あら、ブリギッド嬢は閣下をお慕いしてもおかしくないと思っておりますわよ？　でも、閣下はどうかしら？」

「……」

ブリギッドはもっともだと思う。

「没落して美しくもない令嬢に、閣下が思いを寄せるなんて想像できませんもの」

これみよがしのクスクス笑いが茶会の席に広がる。

(たしかに軍神と呼ばれるディアミドと私では釣り合わないもの。疑われるのも当然だわ。でも、本人を前にここまで言えるなんて、逆に驚きよ)

ブリギッドは、呆れ半分感心半分で言葉が出ない。

「魔宝石店のお話を私は聞きましたわ。夫人のために高級守護宝石の棚全部をお屋敷に運ばせたのだとか。溺愛されている証拠でしょう」

言葉に詰まったブリギッドを見て、エクネがフォローする。

「でも、閣下はエスコートすらなさらなかったとも聞いています」

それを聞き、違う夫人が鼻で笑った。

「きっと、お店での行動は偽装結婚の噂を払拭するための演技なのでは？」

「たしかに、そう思えば納得です」

「誰にも心を開かなかった侯爵閣下がよりによって」

「ねぇ？」

「こんなザマス眼鏡と」

反論しないブリギッドを見て、夫人たちは調子に乗ったのか、失礼な発言を矢継ぎ早に繰り出してくる。

しかし、ブリギッドはガヴァネスをしている中で、けなされることに慣れていた。悪口など馬耳《ばじ》東風《とうふう》である。

（私はそんな言葉で別に傷ついたりはしないけど、ディアミドとの仲を疑われるのはよくないわ。なんとかごまかさないと！）

ブリギッドは悪口から課題を見つけ出し、対策を練る。

（私からの『愛してる』じゃ信じてもらえないし、ディアミドに頼んでみんなの前で『愛してる』って言ってもらう？　まさか、そんな、恥ずかしい！）

ブリギッドはそう考えて、恥ずかしさで顔を赤らめうつむいた。

そのとき、ミズガルズ侯爵令息夫人の背後にひとりの貴婦人が現れた。恥じ入るようなブリギッドと、得意満面の夫人たちを見比べ、小さくため息をつく。

「ブリギッド」

その貴婦人はブリギッドの名を呼ぶ。

ブリギッドは慌てて椅子から立ち上がり、優雅にお辞儀をした。

「ケリドウェン先生、お久しぶりです」

ブリギッドに倣うよう、周囲の夫人たちも席を立った。

「ミズガルズ侯爵閣下、ご機嫌麗しく」

ブリギッドがケリドウェン先生と呼んだ貴婦人は、ミズガルズ侯爵家の当主であり、王立魔法学園で考古学の名誉教授を務めていた人物だ。この国で女性で侯爵を名乗り、教授を務める人は珍しく、その能力は高く評価されている。

ケリドウェンが蛇のような目で見定めるように夫人たちを見回すと、彼女たちは震え上がった。

「今日は先生が大聖堂にいらっしゃるとお聞きして、眼鏡をお返しできたらと思っておりました」

ブリギッドはそう言うと、ザマス眼鏡を外し、優雅に微笑む。豪奢な眼鏡ケースにしまうと、ケリドウェンに渡した。一連の所作は美しく、まるで優雅な舞のようだ。

「その眼鏡はお義母様の……？」

ミズガルズ侯爵令息夫人は驚きで目を見張った。

「ええ、ブリギッドがガヴァネスになると聞いたとき、私が護身用に渡したものです。女性が外で働くということは大変ですからね。いつか必要がなくなったら返しに来なさいと言って」

ケリドウェンも女侯爵として働くなかで、その苦労を身にしみて感じていた。だからこそ、目をかけていたブリギッドに、応援の意味を込めてザマス眼鏡を贈ったのだ。

「先生がよい紹介所に推薦してくださったおかげで助かりました」

「あなたが進学しないと言い張るからしかたがないでしょう？　まったく、学園の……ひいては王国の損失でしたよ」

「もったいないお言葉ありがとうございます」

「でも悔しいわね。フローズヴィトニル家に取られるとは。軍神と呼ばれるあの方は意外に見る目があったのね」

ケリドウェンはそう微笑むと、眼鏡ケースを開きザマス眼鏡を確認する。傷ついただて眼鏡にブリギッドの苦労を偲ぶ。

「それで〝ザマス眼鏡〟がなんです？」

ケリドウェンは厳しい声で、自分の息子の妻であるミズガルズ侯爵令息夫人を見た。

「あの……私……事情を知らずに……」

ミズガルズ侯爵令息夫人は恐ろしさのあまり身を縮める。

「今後はミズガルズ家として恥ずべき行為は慎みなさい。彼女は中等部を首席で卒業した秀才です。私の愚息を差し置いてね。そして、父がいないながらも病弱な母と幼い弟の面倒を見てきました。そういったところが、フローズヴィトニル侯爵閣下にも目にとまったのです。ただ着飾るだけの美しい令嬢などでは侯爵閣下は歯牙にもかけないでしょう」

ケリドウェンはピシャリと断じた。

「申し訳ございません」

夫人たちは恥じ入るようにしてうなだれた。

ブリギッドは顔が真っ赤になる。厳しいことで有名な彼女が人を褒めるのは珍しく、うれしくも気恥ずかしくもあり、ありがたかった。

「先生、ありがとうございます」

ブリギッドは礼を言う。厳しくも愛ある指導はブリギッドの憧れでもあった。憧れの先生が自分を見守っていてくれたことがうれしい。

「生徒はきちんと評価するものです」

ケリドウェンはそう答えると、大聖堂へ向かっていった。

エクネがブリギッドに駆け寄り、夫人たちは口々に謝意を述べた。

「失礼なことを言って申し訳ございません」

ミズガルズ侯爵令息夫人は悔しそうにうつむき、ドレスをギュッと固く握りしめる。

「……夫が……、学生時代を懐かしむたびに『才女がいた』と侯爵夫人の名前を出しますの。それで、私、少し……コンプレックスを感じてしまって……。夫の首席を阻んだとも聞いていて、代わりに私が意趣返しをと……。浅はかなおこないでした。お許しください」

ミズガルズ侯爵令息夫人は深々と頭を下げた。

ブリギッドは微笑み応じる。

「いえ、社交界に不慣れなことは事実ですので、今後もご指導いただけたらと思います」

ブリギッドの言葉に、周囲は安堵のため息を零した。

「私も力になれたらと思っているわ、ブリギッド」

エクネから学生時代のときのようにブリギッドの名を呼ばれる。懐かしい呼び方に思い出が走馬灯のようによみがえった。そのひと言で、一瞬にして学生時代に戻ってしまう。

「頼りにしているわ、エクネ」

ブリギッドは胸がいっぱいになりながら、エクネを名で呼んだ。

お茶会に集まった夫人たちは、緊張した面持ちで愛想笑いを浮かべる。スレイプニル侯爵令息夫人を友人に持ち、ミズガルズ侯爵から目をかけられているブリギッドに何も言えなくなってしまったのだ。

ブリギッドは安心させるようにニッコリと微笑んだ。

「皆様のお子様のお話などお伺いしたいわ。私もニーシャの話をたくさんしたいんです」

夫人たちは、ホッと息を吐いた。

「そうですわね。では、新しいお茶を用意いたしましょう。珍しいお茶を用意いたしましたの」

ミズガルズ侯爵令息夫人が場を仕切り直し、今度は和やかな雰囲気でお茶会が始まった。

一方でこちらは、子どもたちのお茶会である。

少し遅れてやってきたニーシャは、オドオドと周りを見た。八歳から十二歳の子どもからなるプレップお茶会では、六歳のニーシャが一番年下だった。

最年長の男の子が意地悪な目でニーシャを品定めする。

「おい、お前、孤児院にいたのは本当か」

「はい」

ぶしつけな質問にニーシャは答える。ブリギッドから事前に聞かされていたのだ。きっと、ニーシャの出自について問われるだろうと。

『でも、恥じることはなにもないわ。正々堂々としていなさい。孤児院でのニーシャはとっても立派だったのだから』

ブリギッドの言葉を胸に、ニーシャは顔を上げた。

（そうだ。孤児院にいたからママに見つけてもらえたんだ。ママの子どもになれたんだもん）

「僕は孤児院出身です。フローズヴィトニル侯爵閣下のお眼鏡にかなって養子になりました」

堂々と答えるニーシャに、男の子は不愉快そうな顔をした。

「え！　やっぱり、本物のニーシャくん!?　私はモリガン・スレイプニルと申します。八歳です」

声をあげたのは、スレイプニル侯爵家の娘であるモリガンだった。エクネの夫の年の離れた妹に当たる。頭では馬の耳がニーシャの声を拾おうとしていた。

エレガントに礼をされて、ニーシャは戸惑う。

「僕はニーシャ・フローズヴィトニルです。六歳です。どうぞよろしくお願い……い、いたします！」

ニーシャも精一杯頑張って挨拶をする。

「あーん！　かわいい!!　かわいいわぁ!!　そうなのね、まだ六歳なのね？」

大興奮のモリガンに、ニーシャは困惑してしまった。

「あ、私だけ盛り上がってしまってごめんなさい。実は、私、ニーシャくんのファンで……」

そういって、モリガンが取り出したのは、ブリギッドが作っていたニーシャのファングッズである。

　小さな白いクマのぬいぐるみには、青いボタンの瞳がついていた。

「それで、その、お会いしたかったの」

モリガンはそう言うと、キャッと頬を赤らめた。

（ママの作ったぬいぐるみだ……。こんなときでもママは僕を助けてくれる）

ニーシャはうれしくなり、緊張も解ける。

「ありがとうございます」

ニーシャが微笑むと、モリガンは一瞬息を止め、ため息をついた。

「さぁ、さぁ、ニーシャくん！　こちらでお茶をしましょうよ！」

モリガンは自分の席の隣の椅子を指した。

ニーシャはよいしょと椅子を引き、席に着こうとする。

その様子も可愛らしくて、女の子たちはニーシャの一挙一動にメロメロだ。このチヤホヤぶりに、男の子たちは気分が悪い。思わず悪態をついてしまう。

「そんな孤児と一緒にお茶なんかできない！」

男の子のひとりがそう言い放ち、ニーシャはシュンと耳を倒した。

「倍も年が離れてるのに、意地悪言うなんて紳士とは思えませんわね」

モリガンが非難すると、ほかの令嬢も「そうだ、そうだ」と同意する。

「っ、なんだよ！　でも、孤児がこんなところに来るのおかしいだろ！」

別の男の子が反論する。

「フローズヴィトニル侯爵閣下が認めた子を？　あなたごときが？　認めないとか？」

クスクスと笑う女の子たちに、男の子たちがムキになる。

「だったら、剣で決めようぜ!!　本当にフローズヴィトニル侯爵家の血筋なら、剣だってうまいはずだ!!」

ドヤ顔で男の子が言い、近くに転がっていた木の枝を掴んだ。そして、もう一本の枝をニーシャに投げる。

「ほら、取れよ」

意地悪に挑発する男の子に、ニーシャは戸惑った。

「大神殿で暴力などいけません」

シスターがオロオロとしながら止める。

男の子は慇懃無礼《いんぎんぶれい》に笑った。

「暴力などではないです、シスター。聖騎士の方々も訓練はされるでしょう？」

身分が高いうえ、大聖堂に多大な寄付をしている家門の令息を、一介のシスターは叱ることができない。何かあってからでは遅すぎると、助けを求めて駆けだす。

男の子はそれを尻目にあざ笑う。

「それとも、そこの女子にかばってもらうか？　意気地なし。フローズヴィトニル侯爵閣下も見る目がなかったんだな！」

ニーシャは罵られ、椅子から飛び降りる。

「パパのことを悪く言うのは許さない！」

ウォーターレオンから、身を挺してブリギッドと自分を守ってくれたディアミド。そのうえ、その場で犯人まで捕らえたのだ。憧れであるディアミドを馬鹿にされるのは耐えられない。

ニーシャの毛が逆立ち、尻尾《しっぽ》がピンと立つ。犬歯をむき出しにして、男の子を睨みつける。

「だったら、棒を取れよ」

年は離れているし、元孤児である彼は剣術の練習などしていないだろう、と高を括った男の子はニーシャを煽る。

ニーシャは唇を噛み、木の枝を拾った。そして、そのまま男の子の足元につっこんで、足を払う。

男の子は予想していなかった行動に圧倒され、ステンと尻もちをついた。

ニーシャは座り込んだ男の子の鼻先に、枝を突きつける。

――実はニーシャはサーカスから帰ったあとから、ディアミドから剣の指導を受けていたのだ。

ウォーターレオンに襲われ、あまりにも無力だった自分が情けなかった。自分の力でブリギッドを守りたいと強く願ったのだ。

圧倒的強者のディアミドとの練習では気がつかなかったのだが、ニーシャは剣を握ると闘争心が刺激されるタイプだった。狼の獣性がそうさせるのだ。

爛々とした目で、男の子を見定めるニーシャ。

男の子はその不穏なオーラに震え上がる。

「き、汚いぞ！　いきなり襲いかかるなんて！　正々堂々としろよ‼」

男の子は震える声で抗議する。

ニーシャはそれを見て、小さく冷笑し一歩下がった。

「いいですよ。立ってください」

あどけない声で、丁寧に答える。可愛らしさと、気迫の同居がアンバランスで不気味な雰囲気を醸し出している。

引くに引けない男の子は、枝を握り直しヨロヨロと立ち上がって構えた。

「では、よいですか？」

ニーシャは可愛らしく小首をかしげる。尻尾《しっぽ》はこの状況を楽しんでいるかのように揺れていた。

「お、おう」

男の子はすでに空気に呑まれていたが、今更引き下がれなくなっていた。

木の枝と木の枝がぶつかって鈍い音を立てる。さすがに十二歳と六歳では、リーチが違いすぎて、ニーシャは劣勢だ。

それでもニーシャはあきらめない。好戦的に木の枝を振るい、男の子も負けじと戦う。

ふたりの男の子が真剣に戦う姿を、ほかの子どもたちは息を呑んで見守っている。

ふたりの木の枝がぶつかり合い、つばぜりあいになる。ギリギリとお互いを押し合うふたり。しかし。

「ふん!!」

男の子が気合を入れ、ニーシャを押し返した。

その場に尻もちをついたニーシャは悔しく思いながら、清々しくもあった。大人相手での訓練では、手加減されているとわかっていたからだ。本気で戦いあうことができて、純粋に楽しかった。

「やった!!」

男の子は木の枝を振り上げた。そして、ニーシャに手を差し伸べる。

「お前、チビのくせに強いな。やっぱり侯爵閣下から直々に指導を受けているのか？」

はにかむ男の子の手をニーシャが取る。そこにはもう険悪な空気はなく、全力で戦った爽やかな男子がいるだけだ。

「はい！　パパに教えてもらってるんです」

ニーシャは答えた。

「さすがだな！」

男の子は笑う。

パチパチパチと拍手が鳴り響き、男の子とニーシャはハッとした。

拍手のほうを見ると、そこにはシスターとキアン、ディアミドが立っていた。ディアミドの聖騎士団の白い軍服姿が神々しい。

(なんで、パパがここに？　お仕事の途中で見に来てくれたの？)

ニーシャは喜びのあまり、思わず尻尾《しっぽ》を振りながら駆け寄る。

「パパ！」

「よく頑張った、ニーシャ」

ディアミドの言葉を聞き、ニーシャはとたんに不安になった。シュンと耳が倒れる。

(パパ、僕が負けたのを見てガッカリするかな？　侯爵家の後継者にふさわしくないって呆れるかな……。やっぱり、いらないって言われたらどうしよう……)

泣きたい気持ちで、正直に報告する。

「……でも、負けちゃった……」

ションボリと耳を倒し悲しそうなニーシャを見て、ディアミドは愛おしく思った。思わずニーシャを抱っこし、頭を撫でる。

ニーシャは突然のことに戸惑った。今まで、ディアミドから自発的に抱っこされたことがない。

(僕のこと、嫌いにならない？　呆れてないの？)

不安げに見つめると、ディアミドは優しい笑みを浮かべた。

「負けることは恥ずかしいことではない。負けて初めてわかることもある。俺も小さなころはたくさん負けた」

ディアミドの言葉が、ニーシャにはにわかには信じられない。

「……軍神のパパも負けたことあるの？」

「俺の兄、お前の生みの父にコテンパンにされたものだ」

「嘘みたい……」

ニーシャが驚くとディアミドは呵々と笑った。

「だから、お前はもっと強くなる」

（あんなに強いパパが言うんだもん。僕もきっと強くなれる！　パパが言うんだから嘘じゃない！　早く強くなってママを守れる男になるんだ！）

「僕、頑張る!!」

ニーシャはそう宣言して、ギュッとディアミドに抱きついた。

ブリギッド以外に触れられることを嫌悪していたニーシャが、自らディアミドに抱きついたのだ。

ディアミドは感動で心が震え、さらにきつくニーシャを抱きしめる。

ニーシャと戦っていた男の子が、それを見てポトリと木の枝を落とした。ニーシャがディアミドに可愛がられていることを目の当たりにしたのだ。自分のことを告げ口されたら、どうなるかわからない。自分の無礼に気がついて顔を青ざめさせる。

ディアミドはニーシャを抱いたまま、その子を見おろす。遅れてお茶会をしていた夫人たちも集まってきた。なかにはブリギッドもいる。

騒ぎになってしまったことで、男の子は半泣きになる。

「あ。あ、あの、も、申し訳ございませんでした」

男の子はブルブルと震えながら、深く頭を下げた。

キアンは穏やかに笑う。

「シスターから話を聞いたよ。この子を孤児だと呼んだんだってね」

キアンは意味ありげにディアミドを見た。ディアミドが怒るようあえて言ったのだ。

「お許しください。侯爵閣下」

キアンの言葉にシクシクと泣き出した男の子はその場に這いつくばった。母親もやってきて、男の子の隣に寄り添い謝罪する。

ディアミドはその姿を怒りを込めて見た。

ディアミドは剣に手をかけた。

（ニーシャは俺の大事な息子だ。それを）

「ディアミド！」

ブリギッドに名を呼ばれて、ハッとする。

ブリギッドはハラハラとした表情で「ニーシャを見て」と小さくささやいた。

ディアミドは思い出す。

（そういえば、ブリギッドは以前『子どもの気持ちを尊重して』と言っていたな）

腕の中のニーシャを見ると、銀の頭がフルフルと左右に揺れた。青い瞳が懇願するように、濡れている。

（ニーシャはこの子を罰することを望んでいないようだな）

ディアミドは自身の怒りを抑え、剣から手を離す。ブリギッドの教えどおり、自分の気持ちよりニーシャの気持ちを優先することにしたのだ。

しかし、このまま許すわけにはいかない。

「俺に謝ることか」

ディアミドの硬い声に、男の子はビクリと体を震わせた。

「……！　ニーシャくん、失礼な言い方をしてしまい申し訳ございませんでした」

「大丈夫です。僕、気にしてないです。孤児院にいたのは本当だから」

ニーシャがディアミドの腕の中で笑うと、男の子はそろそろと顔を上げる。

「それに、パパに習った剣を『さすがだ』って言ってくれたから、僕、うれしかったです。もっと、みんなと遊びたいです」

ニーシャが答え、ディアミドはニーシャの頭を撫でた。

「だ、そうだ。気にするな」

ディアミドが言い、男の子は平伏した。

「ありがとうございます!!」

ディアミドはニーシャを下ろす。

ニーシャは男の子のそばに駆け寄った。そして、肩を叩き「一緒に遊んでください」と声をかけて、はじける笑顔で手を差し出す。

男の子はニーシャにつられ、微笑むと彼の手を取り立ち上がった。夫人も立ち上がり、改めて謝罪をする。

もう一度拍手が起こる。

「ふたりとも素晴らしいですわ……！」

シスターが感極まったように涙を流し、モリガンも感動で瞳を潤ませていた。

「ニーシャくんは性格までいいなんて！　本当に素敵!!」

周囲の女の子たちもウンウンとうなずく。

キアンはしらけた目でその場を見ていた。

ニーシャが問題を起こせば、ディアミドが叱責するかと思ったのだ。そうなるように、マナーや身分に厳しくプライドの高いものたちを厳選し、お茶会を開かせたのに思うように運ばない。

「キアン猊下《げいか》？」

シスターに怪訝な顔で尋ねられ、キアンはハッとしてにこやかな笑みを浮かべて答える。

「子どもたち同士で問題を解決できてよかったですね」

ブリギッドはうれしくなってディアミドに駆け寄る。自分が以前、ディアミドにアドバイスしたことを忘れず実行してくれたのだ。

（自分より子どもを優先させる、当たり前のようでなかなかできないことなのに……。ディアミドも父になろうと努力してくれているのね）

そう思うとたまらなく幸せだ。ブリギッドはつま先立ちして、ディアミドに耳打ちする。

「ありがとうございました、ニーシャのことを考えてくれて」

「当たり前だ」

フイにブリギッドの吐息が耳に触れ、ディアミドは動揺する。カッと頬が熱くなり胸がドキドキと高鳴った。赤くなった顔を隠すようにうつむき、胸を押さえる。

鉄壁の軍神が、顔を赤らめ動揺する姿に、周囲の人々はザワついた。

「……まるで初恋を知った少年のようなお姿ね」

「ええ、よいものを見せていただきましたわ」

シスターたちも目を細める。

「モンスターとの戦いに身を置かれるばかりで、人の心を忘れたのかと噂されていましたが、そんなことはないようですね」

シスターがキアンに語りかけている。

ディアミドはそれを聞き、考える。

(ブリギッドとニーシャに出会い、俺は変わったのだろうか?)

だとしたら、こそばゆい。

「ええ、そのようです。突然の結婚、しかも養子を受け入れるだなんて、偽装結婚を疑っていましたが、私も安心いたしました」

「本当に侯爵閣下は、奥様もお子様も大切にされているようですね」

シスターの言葉を聞き、キアンはディアミドたちを見た。ディアミドと視線が重なると、ゆっくりと瞬きしてから薄く笑った。
ディアミドはその笑顔に、冷え冷えとしたものを感じてゾッとする。
大聖堂の瑞々しい緑が、風になぶられザワザワと不穏な音を立てた。

第七章　満月が怖い

今夜はディアミドの誕生月、満月の晩である。

屋敷の者に休暇を出し、ここにはディアミドしかいない。もちろん、ディアミドの事情は告げられていない。毎年恒例の休暇なので、誰も不審には思わないのだ。

屋敷にひとり残ったディアミドは自分の剣をしまい込み、ドアに鍵をかけた。万が一、部屋から出ることがないよう、唯一事情を知る執事に廊下側からドアガードで鍵をかけてもらう。そうして、カーテンを閉めようと窓のそばへ向かった。

美しい満月が夜空に昇っている。煌々とした月明かりが、すべてを見透かしているようだ。

ディアミドは荒々しくカーテンを閉めた。

(満月が怖い。自分が自分でなくなるのが怖い。鎮静剤を飲んでも、抑えきれない心のざわめきが怖い)

ディアミドは震えながら、鎮静剤を一気にあおった。

苦い薬だ。鉛を飲むように重い。違法でもあるため、罪悪感もある。禁じられた薬物は、命を削るとも言われていた。

(いつまでこうして生きていくのか。周囲を欺いて、自分をごまかして)

ディアミドはやるせなく思う。

(しかし、真実を明かせばこのままではいられない。積み上げてきた地位も名誉も失って、跡継ぎのない侯爵家はお家取り潰しだ)

侯爵家の未来を考えれば、どれだけ罪が重なろうとも、孤独が募ろうとも、ひとりで耐えるしかない。

(何もかも壊してしまいたい。この体も、この家も、……この国も!!)

「ウォオオオオ」

堪えきれず雄叫びが漏れる。

激情が抑えきれずに、ソファーの上のクッションにつかみかかり、思いの限り振り回す。生地が裂け、中の羽根が飛び散った。

そして、ハッとする。慌てて頭を押さえ蒼白となり、尾てい骨を押さえる。

「くそ!　嘘だっ!　そんな!!」

ディアミドはその場に崩れた。

(耳が……、尻尾《しっぽ》が……ある。鎮静剤を飲んでこんなことになったことはなかったのに!　もう薬も効かないのか!?)

飲みきったはずの鎮静剤をもう一度口に運ぶ。やはり空《から》だ。予備はない。

(もう人には戻れないのか?)

恐怖と絶望がディアミドを襲い、目につくものすべてを投げつけるしかなかった。

♪　♪　♪

ブリギッドはニーシャと一緒に、グリンブルスティ子爵家に里帰りをしていた。

いつもは人見知りしてしまうニーシャだが、グリンブルスティ子爵家は不思議と懐かしい感じがして心が安らいだ。ブリギッドの家族は、彼女によく似て明るく真っ直ぐな人柄で、警戒せずありのままでいられる。

「ニーシャくんは何が好き？　ステーキはミディアム？　レア？」

クリドナがニコニコと質問攻めにしてくる。

ディアミドのおかげでグリンブルスティ子爵家は綺麗に修繕され、生活も落ち着いていた。

「ニーシャは剣の練習はしてるか？　模造刀を持ってるか？」

グルアも矢継ぎ早に尋ねる。

ニーシャはその剣幕に押されながらも、自分に興味を持ってもらえることがうれしい。もともと孤児で継子の自分など、無視されておかしくないのだ。それなのに本当の家族のように温かく接してくれて、自然と尻尾《しっぽ》が揺れてしまう。

「えっと、ミディアムよりレアが好きです。模造刀はママが選んでくれました！」

一生懸命、質問に答える。

「俺の模造刀もお姉ちゃんが選んでくれたんだ！　一緒に練習しようぜ！　ニーシャ」

グルアはそう言って、ニーシャを庭へ誘ってくれた。

「はい!!」

ニーシャは元気いっぱいに答える。

(もし僕にお兄ちゃんがいたらこんな感じなのかな?)

ニーシャはウキウキしながら、スキップするようにしてグルアのあとを追いかけていった。

(はぁぁぁ、私の推しと弟、可愛すぎじゃない?)

ブリギッドはその様子をうっとりと眺めた。

「あなたが突然結婚すると言ってとっても驚いたけど、幸せそうでよかったわ」

そう話しかける母は目頭を押さえていた。

「結婚してすぐに孤児を引き取ったりするし……。もしかして、家を助けるための偽装結婚じゃないかしらって心配してたのよ」

その言葉を聞いてブリギッドはギクリとする。

「そんなことするわけないじゃない! わ、私、侯爵閣下が……す、好きよ?」

「ええ、そうでしょうとも。そうじゃなきゃ、ニーシャくんを我が子のように大切にできないわよね」

クリドナは目尻を下げると、手紙を渡した。

ブリギッドはそれを受け取りながら曖昧に笑ってごまかした。母は自分の推しがニーシャであることは知らないのだ。一抹《いちまつ》の気まずさを覚えつつ、手元の手紙を見る。

「こうやってお父様の手紙を見ているとね、今のブリギッドを見てほしかったと思うのよ」

ブリギッドの父、グリンブルスティ子爵が残した手紙である。

病の原因は依然不明だが、ディアミドのおかげで貧しさによる栄養失調などが改善され、クリドナは体力がついてきた。少しずつ体調が落ち着いてきて、今まで手がつけられていなかった、夫の遺品の整理を始めたのだった。

「これ、あなた見たことあった？　珍しくお父様が詩を送ってきたのよ」

クリドナはそう言うと、古い言葉で書かれた詩を読み始めた。

「『かの巫女は見る。狼の王。尊き神の血を引く者。暁《あかつき》の乙女の腕《かいな》に抱かれ、猛る心を海に沈めん。永久《とわ》に至福を謳歌せよ――』何かの神話の一節かしら？」

ブリギッドはハッとした。見たことのある一節だったからだ。

（そう、これ、Ｗｅｂ小説の中でニーシャがときおり口ずさんでいた。獣化を抑えようとするときに、歌っていた歌だわ）

しかし、なにせＷｅｂ小説だ。歌詞はわかっても曲がわからない。

「お母様、ちょっと見せて？」

詩の書かれた紙をブリギッドは受け取った。裏側をよく見ると、水玉のような柄が薄くあった。何かの裏紙かと思っていたが、もしかしたら違うのかもしれない。

「……これって……楽譜が模様になってる？」

ブリギッドは楽譜をピアノの前に置き、弾き始めた。前世が小学校教員であり、今世でも貴族教育を受けてきたため、初見でピアノを弾くくらい簡単だ。

ピアノの音が庭に流れ出る。

ニーシャの耳がヒクヒクと動き、その音を拾った。バッと顔を上げて模造刀を投げ出し、走りだした。

「ニーシャ⁉」

グルアは慌ててニーシャを追いかけた。

ニーシャはリビングのドアをバタンと開けた。

ブリギッドは驚いて手を止める。

「ニーシャ？」

「なんで……？　ママ……」

「どうしたの？」

「ママ、もう一度、今の曲弾いて！」

ニーシャの真剣な眼差しに射られ、ブリギッドはドキュンと胸を高鳴らす。彼女はひと息ついてから、もう一度、ピアノを弾き始めた。

ニーシャはそれに合わせて澄んだ伸びやかな声で歌を歌う。クリスタルボイスと呼ばれるにふさわしく、繊細な歌声だ。あまりに清らかな旋律は、あたりを浄化していくようだ。

クリドナは目を閉じて嘆息した。追いかけてきたグルアも、呆気にとられて息を呑む。

ブリギッドはニーシャの歌声に酔い、心を震わせた。

ニーシャは最後の一音を歌いきる。

ブリギッドがニーシャを見ると、彼の頬には煌めく涙がつたっていた。

「……ニーシャ⁉」

ブリギッドは立ち上がり、ニーシャを抱きしめる。

「どうしたの？　ニーシャ。嫌なことでも思い出した？」

ニーシャはフルフルと頭を振り、グリグリとブリギッドの胸に顔を押しつけた。

「……ちがうの。ちがう」

ニーシャは感情が溢れてしまい、言葉が見つからない。

ブリギッドは背中をポンポン叩きながら、ゆっくりニーシャが落ちつくのを待つ。

「……これ、小さいころお母さんに歌ってもらった。でもね、人前じゃ歌っちゃだめだって言われてた」

ニーシャは答えると、ズズと鼻をすすった。そして涙を流しながら顔を上げる。

ブリギッドはその涙をハンカチで優しく拭う。

「お母さんがいなくなってから歌ってくれた人、すごく音痴でね……」

「音痴……」

ボソリとグルアがつぶやいた。

「思い出した……元はこんな曲だった……」

ニーシャが目を細める。すると陶磁器のような頬に、ポロポロと涙が転がった。

「……本当に、音痴だったんだなぁ……。クマさん」

「クマさん……？」

ブリギッドは震える声で尋ねる。ブリギッドの父オグマは、体格がよく筋骨隆々とした熊のような男だったのだ。

（お父様は仲間内で『クマ』という愛称で呼ばれていたわ。でも、まさか……）

ニーシャはコクリとうなずいた。

「僕、小さいときクマさんと一緒にいたの。大きい体でね、グルアお兄ちゃんみたいな髪でね。真っ黒な瞳が優しくて……」

涙を零しながら、懐かしむように微笑むニーシャ。

その儚げな笑顔にブリギッドは切なくなる。きっと苦しかった過去にも、よい思い出はあったのだ。

（よい思い出を残してくれたのが、私のお父様だったとしたら……）

ギュッとニーシャを抱きしめる。

クリドナは自分の胸元にかけられていたロケットペンダントを開いた。なかには、グリンブルスティ子爵の肖像画が収められている。

「クマさんは、こんな人だった？」

クリドナは優しく問う。

ニーシャはマジマジと肖像画を見て、コクンとうなずいた。

「うん！　この人！　この人！　クマさん!!」

「この人はね、私の夫……ブリギッドの父、オグマ・グリンブルスティというのよ」

クリドナは涙ぐみながら教えた。

ニーシャは目をパチパチとしばたたかせる。コロコロと光の粒が転がり落ちた。

「ママの……パパ？」

ブリギッドはギュッとニーシャを抱きしめた。

「うん。ママのパパよ……!!」

ブリギッドは胸がいっぱいになる。そもそも子爵家が没落したのは父の行方不明が原因だったからだ。苦労して家族を守ってきた立場からしてみれば、無責任な父だと恨んだこともある。

(でも、お父様がニーシャきゅんを助けていたなんて！　運命だとしか思えない!!)

グルアがニーシャの頭にポンと手を乗せると、ニーシャがオズオズと顔を上げる。

「そっか、父上はニーシャの父上を守るためについていったんだな。それで、お前はお姉ちゃんの子どもになった！　きっと父上の導きだ」

ニカッと笑うグルアの目尻には、うっすらと涙が光っている。グルアは五歳で父と別れ、寂しい思いもしていた。しかし、父の所在不明がただの気まぐれではなく、何か意味のあったものだとわかってうれしいのだ。

同時に、ブリギッドは考える。

(でもどうして、お父様とネイト様が一緒に旅立ったのかしら？　誰にも内緒にするなんて。王国の任務で口止めされていたのなら、給料が出そうなものなのにそれもなかったし……）

ブリギッドは不思議だった。ただ考えてもわからない。

（わかることは旅先でニーシャが生まれ、きっとニーシャのご両親がいなくなり、お父様が彼を守ろうとしていたってこと）

ブリギッドはギュッとニーシャを抱きしめた。

するとその上から、クリドナがふたりをつつみこむ。

「ブリギッドの息子なら、あなたは私たちの孫ね。私のことはおばあちゃんと呼んでちょうだい」

「……おばあちゃん……。クマさんは僕のおじいちゃん……」

「そうよ、オグマはあなたのおじいちゃん」

ニーシャは力強くうなずいた。うれしかったのだ。

「巡り巡ってこの家にやってきてくれるなんて……運命ね。生きていてくれてありがとう。きっと、オグマも喜んでいるわ」

クリドナは鼻声でそう笑った。

ニーシャは涙の流れる頬を、ブリギッドの胸に埋める。そして、小さな声で歌い出した。音痴なオグマが、繰り返しニーシャに歌ってくれた歌だ。

「かの巫女は見る。狼の王。尊き神の血を引く者。暁《あかつき》の乙女の腕《かいな》に抱かれ、猛る心を海に沈めん――」

ニーシャの澄んだ歌声が広がり、空気が清浄になっていく。

（まるで今の状況みたい）

ブリギッドは思う。ブリギッドの腕の中には、銀色の狼の王子がいる。

「まるで、病がよくなっていくような歌声だわ……」

クリドナはつぶやき、うっとりとして大きくため息をついた。

「だったら、僕、たくさん歌うね。おばあちゃんのために！」

ニーシャはうれしそうに笑うと、そう言ってクリドナのほうに向きを変えて歌い出す。

ブリギッドはニーシャを挟むようにして、クリドナを抱きしめ、ニーシャの歌声に自分の歌も乗せた。

「ああ、本当に、素晴らしい歌。体の乱れが整っていくよう……」

クリドナは大きく深呼吸をする。慢性的な動悸、めまい、息切れが落ち着いてくる。胸の中から光が満ちて、力が溢れてくる。

「ずっと、教会で癒してもらうより方法はないと思っていたのに、嘘みたいだわ」

ディアミドの送ってくれた医師でさえ、クリドナの病は原因不明だと匙を投げた。生活が整ったことで体力はついてきたが、根本的な病は治らない。それが、ニーシャの歌声を聞くと、フラフラとしていた頭が冴えてくる。

「ああ、きっとオグマはこれを探していたんだわ」

クリドナは気がついて立ち上がる。そして、オグマが送ってよこした手紙の数々を見直した。

「今読み返すと、シイーナレ族の話が多いわね」

クリドナの言葉を聞き、ブリギッドも手紙を読み返す。

シイーナレ族とは、ギムレン王国の中でも迫害を受ける流浪の民だ。歌い踊り、占いをして生計を立てている。成人秘蹟を受けないのが特徴で、先祖がナイチンゲールの彼らは大人になっても背中に小さな羽根を残す。そのため迫害を受けてしまい、定住することができない。

「稗史《はいし》を歌う民」

ブリギッドは思い出した。

(そういえば、Ｗｅｂ小説で、ニーシャはシイーナレ族の母を持つと書かれていたわ。そして、シイーナレ族の秘密として稗史《はいし》を歌うのだとも)

国が作った正史は勝者の残した歴史で、民のあいだで作られた稗史《はいし》は敗者の残したものとも言える。

(たかだか稗史《はいし》を歌うだけのことを秘密にしなければならないって……もしかして、ギムレン王国にとって、シイーナレ一族の歌は都合が悪いの？)

ブリギッドはさらに思いを巡らせる。

(お父様とネイト様が亡くなった原因が、シイーナレ族が失われた稗史《はいし》を歌うと気がついたからだとしたら、きっと危険な秘密なんだわ)

ブリギッドは手紙を丁寧に読んでいく。

(シイーナレ族が迫害され、定住できない理由もそこにあるのかもしれない。小説でニーシャが殺されたのもシイーナレ族と関わったから？)

ギムレン王国建国時に統一された民族たちは、今ではギムレン王国の国民として暮らしている。しかし、稗史《はいし》を歌うシイーナレ一族だけが領地を奪われ今も流浪の民なのだ。そう思って読んでみると、ただの手紙も意味を持って見えてくる。

今までは突然行方知れずになった父の手紙など、読みたくなかった。手紙を送ってくるくらいなら、居場所を教えてほしいとずっと思っていた。だが、きっと居場所を教えることはできなかったのだ。

そうとは見えない形で楽譜を送ったのもそのためだろう。

（お父様が死んだ原因は、もしかしたらこの楽譜なのかも……）

ブリギッドはそう思い、ニーシャの前に跪いた。

「ニーシャ、この歌はクマさんの言ったとおり、人前では歌わないほうがいいみたい」

ブリギッドが言う。

「そうなの？」

ニーシャとグルアが小首をかしげる。

（ああん！　なんて可愛いの！　私の息子と弟!!）

ブリギッドは猛る心を静めながらうなずいた。

「おばあちゃんの前でもだめ？」

尋ねるニーシャにブリギッドはキュンとした。

クリドナも胸を押さえている。

「それはいいわ。私たちの前では歌ってもいいのよ。でもね、知らない人の前ではだめ」

「わかった！　僕たちの秘密ね？」

ニーシャがご機嫌に答え、その愛らしさにブリギッドは心肺停止状態だ。

「おう！　俺たち家族の秘密だ！」

グルアはそう約束すると、ニーシャの頭をワシャワシャと撫でた。


グリンブルスティ子爵家の夜が更けていく。

ニーシャはグルアの部屋で一緒に寝ている。

ブリギッドは母とともに、オグマの手紙を整理していた。

「お父様は王国に隠れて何かを探していたようね。お母様は何か聞いていない？」

ブリギッドの言葉に、窓の外の満月をボンヤリと見ていたクリドナがため息をつく。そして、意を決したようにブリギッドへ顔を向けた。

「……私の病気を治すのだと、『君を幸せにするから』と……。私は止めたの。今でも幸せだからって、でも、あの人は……」

クリドナは苦しそうに絞り出す。

「ごめんなさいね。私のせいで、あなたたちには苦労をかけて……」

「お母様の病気……？」

クリドナは逡巡し、口を開いた。

「貴族としては許されないけれど、シイーナレ族の占い師に頼ったことがあったの。そこで、私の症状は獣性の乱れなのではないかって言われたのよ」

恥じ入るようにうつむき、小さく告白する。成人秘蹟を受けながら、獣性に翻弄されることは恥とされる世界だ。そのため、ブリギッドの両親は、子どもたちに母の病の原因を秘密にしてきたのだ。

(体調不良を恥だなんて思う必要ないのに！)

転生者のブリギッドにしてみればあまりに非合理的な話で憤った。

(でも、私も自分が転生者だなんて言えないから、お母様が子どもたちには隠したかった気持ちもわかるわ)

ブリギッドは母の気持ちをおもんぱかる。

「獣性の乱れなど誰にも相談できないでしょう。だから、教会に通ってお祈りを捧《ささ》げるしかなかったわ。でも、ある日、お父様が解決策が見つかるかもしれないと、そう言って……ごめんなさい。こんな母で。ごめんなさい」

ブリギッドはクリドナの隣に寄り添い、肩を抱く。

「お母様、謝らないで。お母様は悪くないわ。それに、私、幸せよ。可愛い息子のニーシャに出会えて、それってお父様のおかげだわ」

「……そうかしら」

「そうよ」

クリドナはホッと息を漏らし、ブリギッドに身を委ねた。

「あなたとこんなふうに触れあうのはいつぶりかしら。とっても心が落ち着くわ」

「成人秘蹟を受けたあとは、なんとなく甘えにくくなるものね」

ブリギッドは答えながら、クリドナの肩をヨシヨシと撫でる。

成人秘蹟は大人になった証だ。子どものように親にべったりと甘えることが恥ずかしくなってしまう。

「もっとたくさん抱きしめればよかったわ。あなたも、グルアも」

「今からでも遅くないじゃない」

「そうね」

クリドナは鼻声で答えた。

そのとき、部屋のドアが叩かれた。ディアミドが手配してくれたメイドだ。

「ブリギッド様にお客様です」

「こんな夜更けに、どなた？」

「大聖堂の司教キアン猊下《げいか》です」

名前を聞きブリギッドとクリドナは慌てて立ち上がる。

「応接室にお通しして。キアン猊下《げいか》には大聖堂でいつもお世話になっているの。失礼がないようにね」

クリドナの言葉に、メイドが戸惑う。

「それが、フローズヴィトニル侯爵閣下が体調を崩されたとのことで、ブリギッド様だけいらっしゃるようにと……」

「わかったわ」

ブリギッドはキアンのもとへ向かう。

玄関で待っていたキアンは、黒いフードを被っていた。大聖堂のものではない辻馬車を待たせていて、ブリギッドは少し怪訝に思った。

「キアン猊下《げいか》がなぜ」

「急いでいますので、詳しくは馬車の中で説明します。フローズヴィトニル侯爵の名誉に関わることですので」

ヒソと囁くキアンにブリギッドはうなずいた。そして、ふたりは辻馬車に乗り込む。

「急にこのようなこと、驚いておられるでしょう。ディアミドと私は仕事を超えた付き合いをしていまして」

「ええ、存じております」

「その関係で、ディアミドから体調不良だと連絡があったのです。でも、あの意地っ張りが、休暇を命じた以上、使用人を呼び戻すのは気が引けると言い張って」

ブリギッドは苦笑いする。

(ディアミドはこういうところが義理堅いというか……真面目なのよね)

「軍神フローズヴィトニル侯爵が病に倒れたとなっては、彼の矜持が傷つくかと思い、こうやって隠れて夫人にお力を借りにやってきました」

「そうなんですね。夫にこれほど心を砕いてくださるなんて光栄ですわ。ディアミドも喜ぶと思います。ありがとうございます。しっかり看病いたします」

ブリギッドは妻らしく礼を言った。

「でも、一家団欒《いっかだんらん》のところ、ご迷惑だったのでは？」

「いいえ、ディアミドのほうが大切ですもの」

これはブリギッドの本心だった。

いくら偽装結婚であっても、ディアミドのことは嫌いではない。ニーシャの父として務めを果たそうとする彼を好ましく思っている。家族を守ろうと行動し、事実、守ってくれる彼を敬愛しているのだ。

ブリギッドが当然のように答えると、キアンは目を細めた。

「我が友にありがとうございます」

「いいえ、ディアミドに素敵なお友達がいて、安心しました」

ブリギッドがキアンに笑いかけると、キアンはギュッと拳を握り窓に目を向けた。

会話がそこで途切れてしまう。ブリギッドは話しかけにくさを感じ、同じように馬車の外を見る。

満月が追いかけてくるようだ。

ブリギッドは黄金の月を眺めながら、ディアミドの瞳を思い出していた。

（私より先にキアン猊下《げいか》を頼るなんて、少し水くさい気もするわね。仮初《かりそめ》の妻だからしかたないのかもしれないけれど。もっと頼ってほしいと思うことは私の独りよがりかしら？）

数十分後、月明かりの中、辻馬車がフローズヴィトニル侯爵家に到着した。キアンはブリギッドを玄関までエスコートする。

「では、よろしくお願いいたします」

「キアン猊下《げいか》はディアミドの顔をご覧にならないのですか？」

「ええ、私はここで待っています。弱ったところを見られたくないでしょうから。落ち着いたら様子だけ教えていただけませんか？」

「本当にキアン猊下《げいか》はディアミドのことをよくご存じですね。男同士の友情はなんて美しいのでしょう」

ブリギッドは素直に感心する。

「奥様にはかないませんよ」

ブリギッドが屋敷に入ると、キアンは玄関のドアを魔法を使って封印した。そして、ほくそ笑む。

「愛だなんてくだらないんだよ」

吐き捨てると、ひとり辻馬車に乗り込んだ。ブリギッドを待ちはしない。

「どんなに思い合っていようとも、獣性に支配されたディアミドを前にしたら、愛も一瞬に覚めるだろう。まぁ、愛が覚める瞬間には、命も尽きるから問題はないが」

キアンの冷え冷えとした声が月夜に溶けて消えていく。

一方、何も知らないブリギッドはディアミドの部屋へ向かう。もちろん、キアンによって屋敷に閉じ込められていることにも気づいていなかった。

屋敷の中には人っ子ひとりいない。

そのとき、獣の唸るような声が響いてきた。

(狼のような……でも、きっとディアミドね)

ディアミドしかいない屋敷での声ならば、普通に考えて答えはそうなる。

ブリギッドは、Ｗｅｂ小説でニーシャが成人秘蹟を受けながらも獣化するシーンを読んでいた。そのため、ディアミドが同じ状態になってもおかしくないと思っていた。しかも、以前、ディアミド自身が自分を不完全だと言っていたではないか。

(ニーシャのように獣化してしまったにちがいないわ)

しかも今日はディアミドの誕生月の満月だ。Ｗｅｂ小説上のニーシャも誕生月の満月の夜に獣化していた。それを知っているブリギッドからすると、それほど驚くことではなかった。

(なんだか、苦しくて切ない声ね。鳴き声というより、泣いているみたい……)

ブリギッドは、その声を聞いても恐ろしさは感じない。

(お母様は獣性が乱れているだけなのに、あれだけ隠そうとしてきたんだもの。ディアミドはどれだけ辛い思いをしてきたんだろう……)

誰にも言えない秘密を抱え生きてきたディアミドを想像するだけで切なくなる。

昏《くら》い階段を静かに上がる。明かりは窓から差し込む満月の光だけだ。西の棟の廊下を歩くと、獣の声が近づいてくる。

ディアミドの部屋のドアは廊下側からドアガードで閉じられていた。獣の声はやはりここから漏れている。

「ディアミド？　いるの？　大丈夫？」

ブリギッドがディアミドの部屋をノックすると、ピタリと獣のうなり声が止まった。

「……誰だ」

低く凶暴な声が尋ねた。ハァハァとした息切れと、再びうなり声が響いてくる。

尋常でないことは、ドア越しでもわかる。

「ブリギッドです」

「帰れ！　入るな!!」

ガンとドアが乱暴に叩かれて、ブリギッドは驚いた。激しい拒絶だ。

……だからといって引いたりはしない。Ｗｅｂ小説の中で、獣化したニーシャがどれだけ苦しんできたか知っている。同じ苦しみを抱えたディアミドを見捨てるわけにはいかなかった。

「帰りません!!」

ブリギッドは答えると、ドアノブをガチャガチャと回した。当然のように鍵がかかっている。初めから誰にも助けを求めていない、孤独なディアミドに悲しくなった。

「鍵を開けてください！　ディアミド!!　体調が悪いのでしょう!?」

「だ……い、じょう、ぶだ」

途切れ途切れに答える声。

「全然大丈夫じゃない!!」

ブリギッドは怒鳴った。

(何よ！　キアン猊下《げいか》には弱音を吐いても、私には無理だってこと？)

そう思うと腹立たしい。仮初《かりそめ》だとしても今は夫婦なのだ。お互いが苦しんでいれば助け合って当然だと思う。

(なんで私を頼ってくれないの？　それほど私に期待してない？)

ブリギッドはドアガードを外して、闇雲にドアノブをガチャガチャと回し、引っ張る。

「こら！　開けなさい!!　開けなさいよっ!!」

「か、えれ!!　だいじょう……ぶ、だから」

ディアミドはドアに寄りかかりながら、ドアノブを押さえる。ハァハァと息が上がる。

「くそっ！」

ディアミドは思わず悪態をついた。今までのようにキアンからもらった鎮静剤を飲み、部屋にこもって静かにしていればよかったはずだ。

「……それなのに……な、んで……」

鎮静剤を飲んだのに、ディアミドの頭には狼の耳が生えていた。それだけではない。尻尾《しっぽ》も生えている。

心の中では狼の獣性が猛り狂っている。抑えられない凶暴性のせいで、部屋のカーテンは破られ、クッションは引きちぎられていた。部屋中に水鳥の羽根が舞っている。

（今までこんなことはなかったのに）

「っくぅ」

ディアミドは自分自身の体を抱え込んだ。

「ディアミド！　開けて!!」

背中のドアがドンドンと殴られる。

ブリギッドの悲痛な叫びが聞こえてくる。

ブリギッドの声を聞くと、どうしようもなく会いたくなった。顔を見れば触れたくなる。触れただけで心が凪いで、自分を取り巻く雑音が聞こえなくなるだろう。

理由はわからないが、彼女のそばにいると気持ちが楽になってゆくのだ。だから、そばにいてほしい。誰のものにもしたくない。

恋愛に疎いディアミドには、その感情が恋だとはわからない。名前のわからない思いが、勝手に膨らんでいくのを押さえつけるだけだ。

（ドアを蹴破り、かき抱き、その首に食らいつき――）

ブリギッドの首を甘噛みすれば、番《つがい》の証をつけることができる。そうすれば、ほかの男は彼女に手出しできなくなるはずだ。そう思って、ディアミドはブンブンと頭を振った。

（離婚前提の関係で、そんなことは許されるわけない！　くそ！　狼の獣性が彼女を傷つける）

「だめ……だ！　絶対に、入るな！」

ディアミドは歯を食いしばる。

偽装結婚なのだ。愛のない結婚だとわかっている。

(それでも、ブリギッドには無様な姿を見られたくない。成人秘蹟を受けながら、獣の心を宿した男など、軽蔑され怖がられるだけだ)

ディアミドは自分自身を強く抱きしめた。本当の自分を知られたら、ブリギッドは逃げ出すだろう。

逃げ切ってくれるならいい。しかし、これだけ獣性の発露《はつろ》した状態では、ブリギッドは逃げ切れまい。

「どうしてですか？　私はあなたの妻でしょう？　心配なんです！」

「け、契約上の……関、係、だろう！　心配、なんか、しなくて、いい!!」

きつく言い返す。

「何言ってるんですか！　たしかに契約は交わしました！　だけど心配ぐらいします!!　だって、家族じゃないですか!!」

その言葉に喜んでしまう自分に、ディアミドは末期だと思う。

(今ブリギッドを見たら、衝動のまま傷つけてしまう。そんなことになるくらいなら、嫌われたほうがましだ)

「……家族……じゃ、ない。お前は、家族じゃ、ない。ニーシャだけだ。ニーシャのために、利用してるだけだ……」

ディアミドはあえて嫌われるように、心にもないセリフを吐いた。彼女を傷つけるくらいなら、初めからひとりでいい。ブリギッドを子爵家へ帰そうと思ったのだ。

「……私は家族じゃない……？」

「ああ、そう……だ」

ブリギッドが息を呑むのがわかる。

「そんなに、私が嫌ですか？　私、たしかに妻としては役目を果たせないですけど、ディアミドと一緒だったらニーシャの両親になれると思ってたのに……」

「俺は……、お前、なん……か、嫌いだ……。だから……子爵家へ……帰ってくれ！」

ディアミドは、本心とは正反対の言葉を吐き出した。

(お願いだ。このまま俺を嫌え。そして俺を見捨てて子爵家へ帰ってくれ！)

自分が吐いた悲しい嘘が苦く口の中に広がり、鼻の奥まで刺激する。

「帰れ……？　私、迷惑だったんですか……？」

「ああ、迷惑だ。俺なんか……心配するな。放っておけ」

繰り返す言葉が、ブリギッドだけでなくディアミド自身も傷つけた。

「……私、ディアミドのこと、誤解していました」

(そうだ、嫌え。俺を嫌え！　そうしてここから出ていけ。俺から逃げてくれ!!)

突如、静かになったドアに、ディアミドはホッとする。そして、背中をドアに預けたまま大きく息を吐き、ズルズルとその場に座り込んだ。

「……帰ったか……。そうだよな、あそこまで言えば、俺を嫌って当然だ」

嫌われるために悪態をつき、そのとおりに嫌われたのに、ディアミドはむなしくてしかたがない。月の光が落ちる床を力任せに殴ると、キアンからもらった薬瓶が悲鳴をあげるようにして転がっていった。

「つくっそ!!」

抑えきれない獣性がブリギッドを恋しがり、敏感になった嗅覚が彼女の残り香《が》を探し求める。背中のドアに向き直り爪を立てると、甲高く耳障りな音が屋敷中に響いた。部屋のドアに鉄板が打ちつけられているのだ。

成人秘蹟のあと、初めての獣化が起きたとき、ディアミドを閉じ込めるためにつけられた鉄板だ。何か間違いが起こって屋敷の者を殺しては困るのだ。

鉄板に立てた爪から血がにじむ。ハァハァと肩で息をする。

破れたカーテンから満月が部屋の中を覗いていた。獣性に振り回されるディアミドを馬鹿にしているかのようだ。

「くっそ、クソ、くそ!!」

喉が渇く。猛り狂う獣性をごまかすように、手当たり次第に物を投げ、蹴り、殴る。部屋中に不快な音が響き渡る。

今からでも遅くない。ブリギッドを追いかけて、引き倒し、そして。

(あの柔らかそうな首筋に――)

「ディアミド!!」

恋しい声が聞こえ、ディアミドはゆっくりと振り返った。幻聴かと思ったのだ。

しかし、そこにはバールを持ったブリギッドがいた。飛び散る羽毛の中に現れたブリギッドは、まるで戦いの女神のように勇ましい。彼女は夫婦の寝室に繋がるドアをバールでこじ開け、ディアミドの部屋へ侵入してきたのだ。

一瞬見とれたディアミドだったが、血まみれの手で狼の耳を押さえ込む。

「ばか！　来るな！　見るな!!」

ビッタリと背中をドアにつけ、ブリギッドへ飛びかかろうとする本能を、なけなしの理性でねじ伏せる。

「近づくな！　俺は今」

フーフーとブリギッドを威嚇する。

けれど、ブリギッドは月光を背にバールを振り回しながら近づいた。怒り心頭に発していたのだ。

「帰れですって？　私の顔を見てもう一度言ってみなさい!!」

ブリギッドは怒りにまかせてバールをドアに打ちつけた。鈍い音が反響し、バールは床へ落ちる。

あまりの剣幕にディアミドの耳はヘニャリと垂れ、尻尾《しっぽ》は丸まった。

「……だめだ、俺は、あなたを傷つける……」

「うるさーい!!　そんな理由で私を迷惑だって言ったんですか？」

ブリギッドはそう怒鳴ると、ディアミドの頭を自身の胸に抱え込んだ。

(ディアミドが狼だろうと、私を傷つけようと、かまわない)

たしかに、偽りからはじまった関係だ。終わりも決まっている。

それでもブリギッドは、ニーシャと三人なら家族になれると信じていた。ニーシャを守れるのはディアミドしかいないと思うほど信頼しているのだ。

ニーシャの未来を大切に思っているふたりなら、ニーシャの親になれると思っている。

(結婚の終わりがきても、三人が家族だった時間はなくならないはずよ。私もディアミドも、ニーシャに幸せになってほしいんだから)

妻ではないかもしれないが、ブリギッドは母なのだ。同じ子どもを愛する親だ。

「傷つけてもいいの！　一緒に治せばいいのよ‼　家族なんだから！」

そして、歌う。

ニーシャの歌った歌を。父、オグマが送ってきた楽譜の歌を。

「かの巫女は見る。狼の王。尊き神の血を引く者。暁《あかつき》の乙女の腕《かいな》に抱かれ、猛る心を海に沈めん――」

ブリギッドは繰り返し歌い、赤子をあやすようにディアミドの背を撫でる。

ディアミドの呼吸が徐々に落ち着いてくる。大きく息を吐いて、そしてうっとりと瞼を閉じる。

(ブリギッドの触れている部分から、獣性が凪いでいくようだ……)

求め続けた甘い香りが、ふくよかな胸元から漂ってくる。ホッとして、懐かしく、それでいて狂おしい。

ブリギッドはディアミドの頭を優しく撫でた。その黒い狼の耳もまんべんなく愛おしむ。

（やっぱり……ニーシャの歌は獣性を抑える歌だったんだ）

ブリギッドは納得した。

小説中のニーシャと同じように、ディアミドも獣性が抑えられないのなら、母を癒したニーシャの歌に効果があるのではないかと考えた。そして、その推理は当たっていた。

（逆に、どうして今まで抑えられていたのかしら？　小説でもこんなシーンはなかったし）

ブリギッドは思案する。

「……なんで……」

ディアミドは、ブリギッドの腕の中でうつらうつらしながら尋ねる。

「俺を軽蔑しないのか……？」

「なんでですか？」

「成人秘蹟を受けながら、獣性が……抑えきれない、耳のあるまさに獣だ……」

ブリギッドは肩をすくめて目尻を下げた。

「あら、ディアミドの耳も可愛いですよ。ニーシャにはかなわないですけど」

「……俺はあなたを襲おうと……」

ブリギッドは一笑に付す。

「どちらかといえば、私が襲ったみたいですけど」

「俺を襲うなんて、モンスターだけかと思っていたぞ」

ブリギッドの答えにディアミドは穏やかに頬を緩めた。

今まで見たことのない微笑みに、ブリギッドの心臓がドキリと跳ねる。

ディアミドは手を伸ばし、ブリギッドの首に張りついた髪をのけた。その白い首筋には汗が光っていて、ゴクリと息を呑んだ。

「ディアミド？」

ブリギッドは不思議に思い、首をかしげる。

ディアミドは舌で唇をペロリとなめた。

「ブリギッド……。お前は本当に旨そうだ。その首に食らいつきたい……」

ディアミドはため息交じりにそうつぶやくと、静かに瞼を閉じた。狼の耳が静かに消えていく。

「……？」

ブリギッドは、人の姿に戻り胸の中で眠るディアミドを見て呆気にとられる。

「えーっと……、今のは……どういう意味……？」

思わず首筋を押さえる。

(狼の血筋は求愛行動として首を甘噛みするって聞いたことあるけれど、まさか、そういう意味じゃないわよね!?)

ブリギッドは混乱しつつ、ブンブンと首を振った。

「ないないないない！　そんなわけない！　私たちは契約結婚!!　そうよ、旨そうって言ってたもの！　……え!?　もしかして、私、捕食される!?」

ブリギッドはディアミドを見た。獣性の暴走で疲れた彼は深い眠りの海に漂っている。痛々しく割れた爪に気づき、思わず顔をしかめた。

部屋も嵐のあとのように荒れている。クッションから漏れた羽毛が、音もなく降ってくる。痕跡を消そうとする雪のようで、とても綺麗だ。

「それにしても、成人秘蹟を受けた人の獣化なんて、現実では初めて見たわ。まるでＷｅｂ小説の中のニーシャみたい。ニーシャはそもそも平民の犬族として成人秘蹟を受けたから、神聖力《しんせいりょく》が足りなかったのだろうけれど……。ディアミドはどうして不完全なの？」

ブリギッドは疑問に思った。そして、母のことを思い出した。

「お母様は、病で獣性が乱れると言っていたけれど……ディアミドは逆に獣性が突然強く表れたのかしら？」

ブリギッドはディアミドの頭をヨシヨシと撫でる。

「でも、ディアミドは毎年この月に、使用人たちに休みを出しているようだし。私たちにも屋敷から出るように言ったわ。それに、塞がれた夫婦寝室への扉、鉄板の打たれた廊下へ繋がる扉にドアガード……きっと突然のことじゃなかったってことよね？」

気絶したように眠るディアミドを床に降ろすと、夫婦の寝室から寝具を取ってきて簡易的に寝床を作った。さすがに眠っているディアミドをベッドに連れていくのは難しかった。体が大きすぎるのだ。

ディアミドの割れた爪を治療して、ひと息つく。

「ディアミドの配慮のおかげで、誰も傷つかずにすんだわ。ひとりでよく頑張ったわね」

ブリギッドはディアミドの頭を撫で繰り回した。そして我に返る。

「そうだ！　キアン猊下《げいか》が待っているんだったわ。このことをどうやって説明しよう……」

ブリギッドは悩んだ。

(ディアミドは知られたくないわよね？　でも、キアン猊下《げいか》はきっと様子を知りたいはずよ。信頼で結ばれたふたりなのだから……)

ブリギッドは窓から、キアンと乗ってきた辻馬車を探した。しかし、屋敷の庭には誰もいない。

「え？　いない？　時間がかかりすぎて帰られたのかしら？　忙しい方だから……」

そう考えて、ふと気がつく。

「……そもそも、なんで猊下《げいか》はディアミドが体調を崩しているって知っていたの？」

この状態でディアミドが他人に助けを求めるとは考えられない。使用人は出払っているのだ。

「しかも大聖堂の馬車ではなく、あえて辻馬車で、フードを被って……」

考えを巡らせながら、ディアミドに目を向けたそのとき、荒れた床の上で何かが光った。

——大聖堂の紋章のついた薬の瓶がひとつ、月の光に照らされている。

ブリギッドは瓶を拾い上げた。フワリと羽根が舞う。まだ中は濡れていて、飲まれてそれほど時間が経っていないとわかる。瓶には〝鎮静剤〟と書かれていた。

「……大聖堂の薬……？　鎮静剤？　まさか、獣性を抑える薬なんてあるわけが、でも、大貴族のあいだならそういうこともあるのかしら？」

ブリギッドはハッとして、ブワリと鳥肌が立つ。

「キアン猊下《げいか》はこのことを知っていたの……？」

ブリギッドは顔面蒼白になる。

「狼の獣性が発現するとどうなるかわかっていて、私をひとり向かわせたの？　小説の中では、ニーシャは狂犬と呼ばれていた……。狂犬化したニーシャを見た人はもれなく殺されていたのに」

一歩間違えば、ブリギッドもそうなっていた可能性が高い。

「キアン猊下《げいか》は、ディアミドに私を殺させるつもりだったの？」

思わず声にして、ブンブンと首を左右に振った。

「信じられない……。信じたくない」

キアンは誰にでも優しく王国中から信用されている司教だ。事実、ブリギッドの母もキアンのもとへ癒しを求めて通っている。

「そういえば、ディアミドの成人秘蹟はキアン猊下《げいか》が施したはずよね」

王家出身の若き司教キアンが初めて行う成人秘蹟は注目されていたのだ。幼かったブリギッドにもタブロイドの記憶がある。そこには、黒い狼の耳を持ったディアミドがキアンの前に跪き、秘蹟を受ける姿が描かれていた。

考えれば考えるほど、キアンはこの状態を知っていて、ブリギッドを屋敷に送り込んだと思えてくる。

「お母様、ディアミド、獣化の乱れがあるふたりがキアン猊下《げいか》に関わっていた……そして、お父様とディアミドのお兄様は一緒に行方不明になっている」

ブリギッドは鎮静剤の瓶をギュッと握った。

(きっと、ディアミドのお兄様は弟の獣化を抑える方法を探していたんだわ。そして同じ目的を持つ私のお父様と旅立った。獣化の乱れがキアン猊下《げいか》が故意に起こしたものだとしたら……)

信じている人に初めから裏切られていたと知ったら、ディアミドはどう思うだろう。

ブリギッドは苦しくなって天井を仰ぎ見る。思わず長いため息をつく。

月光が差し込む寝室で、羽根がヒラヒラと舞い降りてきていた。


翌朝、ディアミドは荒れ果てた寝室で目を覚ました。昨夜のことはあまりよく覚えていなかった。

「キアン猊下《げいか》の鎮静剤を飲んだはずなのに、俺は……」

鎮静剤の効果が出ず、獣化したところまでは記憶にある。万が一に備え、屋敷から人を払っていてよかったと、ため息をつく。思わず口元を覆った指先を見て、治療されていることに気がついた。

「誰が、治療を……?」

おぼろげながら戻ってくる記憶にハッとする。

羽根の降るなか、月光を背負って現れた亜麻《あま》色の髪の女神——

「ブリギッド!」

思わず叫ぶ。

「はーい! 目が覚めましたか? ディアミド」

暢気《のんき》な声で、ブリギッドが夫婦の寝室から顔を出す。

ディアミドの心臓はバクバクと音を立てていた。耳の奥に流れる血流が沸騰したようにうるさい。

(見られた……、知られてしまった。ブリギッドだけには知られたくなかったのに!)

ギュッと拳を握ると、割れた爪が痛んだ。しかし、胸のほうがずっと痛い。

(きっと軽蔑して……離婚だと言い出すだろう)

ディアミドはうつむく。契約からはじまった偽りの結婚だ。それでも、ディアミドにとってブリギッドは特別な女性になっていた。大人げもなくニーシャに嫉妬するほどに。

しかし、獣化の秘密を知られたらこのままではいられない。

(ブリギッドに秘密がバレたことをキアン猊下《げいか》に知られたら、きっと殺せと命じるだろう。だったら、彼女と別れ安全な国に逃がしてやらなければ)

ディアミドは思いつめた顔で、歯を食いしばった。

ギムレン王国では成人秘蹟によって獣性を失って、初めて国民として認められる。それほど大きな意味を持つ儀式が失敗するなど前代未聞なのだ。しかも、平民よりも凶暴性の強い獣性が教会によって抑えられないと知られれば、国は混乱に陥る。

だから、キアンはディアミドの秘密を王国にも教会にも隠蔽している。これが明るみに出れば、次期大司教を期待されているキアンの未来が奪われるだけでなく、教会の威信もなくなるからだ。

そして、ディアミドが他人を攻撃する前に殺されるだろう。フローズヴィトニル侯爵家の血筋が危険視されたら、一家は断絶だ。ニーシャの命も危ない。

(わかっているが……別れたくない。ブリギッドのいない生活などもう考えられない。しかし、彼女のことを考えたら――）

ギリギリと拳を握りしめると、治療したはずの爪からまた血がにじんだ。

「ディアミド？」

ブリギッドはなんのためらいもなくやってきて、ディアミドの前にかがみ込み顔を覗く。血がにじんだ包帯を見て驚き、手を取った。

「ちょっと！　何をしてるんですか!?　ほら、手を開いて！　力を抜いて！」

ブリギッドに叱られて、ディアミドは素直に手を開いた。

「不思議だな。あなたが触れるとホッとする」

ディアミドのつぶやきに、ブリギッドは笑う。

「そういえば、昨日、お母様も同じようなことを言ってたわ」

たわいもない、それでいて幸せなやりとり。兄が行方不明になってから、失っていた家族の愛。やっと手に入れたと思っていたが、それももう手放すときがきた。

「……離婚してくれ」

ディアミドはうつむいたままつぶやいた。

「つえ!?　ドアを壊したことを怒ってるんですか？　弁償しますから！　まだ離婚はいや、ニーシャきゅんと離れたくない！」

錯乱するブリギッドの声に、ディアミドは顔を上げた。

ブリギッドは半泣きでディアミドにすがりつく。

「勝手に壊してすみませんでした。でも、緊急事態だったし、しかたがなくて！　ごめんなさい、もう屋敷の備品は壊しません！　だから、もう一度チャンスを!!」

必死なブリギッドを見て、ディアミドは首を横に振った。

「違う、あなたが悪いわけではない。……ただ、あなたは知ってはならないことを知った。このまま この国にいることは危険を伴うだろう。だから、俺と離婚して別の国へ逃げろ。必要な物はすべてこちらで用意する」

ブリギッドが息を呑み、ディアミドを見つめた。

「こんなことになって……すまない……」

ディアミドは頭を下げた。

「……ニーシャきゅんは……？　ニーシャはどうなるの？」

「すまない。あの子は侯爵家の跡取りだ。あなたも昨夜見ただろう？　こんな俺は子どもを残せない。残すべきじゃない」

ギリと奥歯を噛んで絞り出すディアミドの姿に、ブリギッドは切なくなる。

(ディアミドはこの秘密をひとりで抱え、誰にも知られないようにと生きてきた。それで鉄壁と呼ばれるほど人に心を開けなかったのね)

「……キアン猊下《げいか》ですか？」

ブリギッドが尋ねると、ディアミドはビクリと体を揺らした。

「なぜ」

「んー……、昨夜、私をここに連れてきたのはキアン猊下《げいか》だったからです。ディアミドが頼んだわけではないでしょう？」

「当たり前だ！　でも、どうして、猊下《げいか》が？」

「こうなることを知っていたのではないでしょうか？　そして、それを私に見せたかった」

「まさか、そんな。これは秘密なのだと猊下《げいか》自身がおっしゃっていたのに」

呆然とするディアミドを見て、ブリギッドは気の毒に思う。

(信頼していた司教に裏切られるなんて考えもしなかったでしょうね)

「猊下《げいか》はどういうおつもりなんだ。俺がブリギッドを殺してしまうとは思わなかったのか？」

「それが狙いだったんじゃないですか？」

ブリギッドがサラリと答え、ディアミドはうつろな目で彼女を眺めた。

「そんな……そんな、わけが」

「信じたくない気持ちはわかります。長年信頼してきたキアン猊下《げいか》と、偽りの妻の言うことでは、猊下《げいか》を信じるでしょう。でも、しっかりしてください」

ブリギッドはディアミドの頬を両手でパンと挟み込んだ。

「私たちは、ふたりでニーシャの親なんです」

ブリギッドは真剣な眼差しでディアミドをみつめた。

(ニーシャを守るため、ふたりで力を合わせなきゃ！　私を信じて！　ディアミド！)

ディアミドは頬を挟むブリギッドの手に、自分の手を乗せた。

「……俺たちはふたりでニーシャの親」

「現実を見て、ニーシャを守らなくちゃいけません」

ディアミドの黄金の瞳に光が戻ってくる。

「ニーシャを守る」

「そうです。私は猊下《げいか》のお考えはわかりません。ディアミドと猊下《げいか》の関係も知らないですし。でも、昨夜、私をここへ連れてきたのは猊下《げいか》です。フードを被り、辻馬車でいらっしゃいました。そして私ひとりを屋敷に入れ、猊下《げいか》は帰られました。それが意味することは……わかりますよね」

ディアミドは苦しそうにうなずいた。

「ああ……。それに、いつもは効果のある鎮静剤が今回に限り効かなかった。あえて、効かない薬を渡したのなら、そうなることが予見できる」

「鎮静剤のことをご存じなのは？」

「猊下《げいか》と俺だけだ」

「そして、ディアミドの成人秘蹟をおこなったのはキアン猊下《げいか》ですよね」

「まさか、キアン猊下《げいか》がわざと成人秘蹟を失敗させたと疑うのか？」

ディアミドはブリギッドに確かめる。

「わかりません。でも、ゆくゆくはニーシャも大聖堂で成人秘蹟を受けることになるでしょう。私は、ニーシャを同じ目に遭わせたくないんです。そのためには今回の件を見過ごすわけにはいきません」

ニーシャの未来を考え、キッパリと答えるブリギッド。

「……そうか、これがキアン猊下《げいか》の意図的なことなら、ニーシャも同じ目に遭うのか……」

ディアミドはブリギッドの言葉に目が覚める思いだ。

(だったら、見逃すわけにはいかない。しかし)

ディアミドはブリギッドを見据えた。

「猊下《げいか》を敵に回しても？」

「はい。誰が相手だろうとニーシャの敵は許しません」

ブリギッドは迷いなくうなずいた。

ディアミドはそんな彼女を美しいと思う。

「俺もだ。ニーシャには幸せになってほしい」

ブリギッドは笑みを零した。

ディアミドの本心が聞けてうれしかった。初めのころはギクシャクしていたニーシャとディアミド。正直、ディアミドがニーシャにとってよい父親になれるのか不安に思ったこともあった。しかし、今はそんな心配などない。

「私は、ディアミドにも幸せになってほしいと思っていますよ」

ブリギッドはつけ足す。ここまでひとりで苦しんできたディアミドには救われてほしいと願う。

「俺も？」

「そうですよ。親が幸せじゃないと、子どもは幸せになれませんからね」

ブリギッドが当然というように微笑んで、ディアミドもつられるように目尻を下げた。

「安易に離婚なんか考えないで、みんなで幸せになるために一緒に努力しましょう？」

ブリギッドはニンマリと含み笑いを浮かべた。

第八章　長い夜が明ける

ここはディアミドの書斎である。寝室と違いこの部屋は荒れていない。

ブリギッドとディアミドは、ニーシャの父ネイトが送ってきた手紙を整理していた。ブリギッドの父、オグマの手紙のように何かヒントが隠されているのではないかと考えたのだ。

整理してわかってきたこともあった。

ネイトの手紙には、はっきりと『月夜の問題を解決する方法が見つかりそうだ』と書かれていたのだ。

これは、ディアミドの獣化を示している。ブリギッドの父も妻の病を治すために旅立っている。

つまり、ふたりには共通の目的があったのだ。

ブリギッドの母が体調を崩しがちになったのは、二十年ほど前。ブリギッドを生んでしばらくたったころだ。

当時キアンは若き天才司祭として頭角を現していた。

ブリギッドの洗礼を手伝ったキアンは、産後の肥立ちが悪かったクリドナを癒すこととなった。

その縁で、以降クリドナは彼のもとへ通い始めるようになる。

ディアミドが成人秘蹟を受けたのは、十五年前。成人秘蹟をおこなったのは当時十八歳のキアンで、彼にとって貴族に対する初の成人秘蹟だった。

しかし、翌年の誕生月にディアミドの成人秘蹟が完全ではないことがわかり、フローズヴィトニル侯爵家は内密にキアンに相談する。それ以降、キアンから秘密裏に与えられる鎮静剤を使うようになった。

原因不明の体調不良に悩んだクリドナは、十二年前にシイーナレ族の占いを受けている。

そして、ネイトとオグマが行方不明になったのが八年前。

五年前にネイトの遺体が見つかり、その前年にニーシャが生まれている。さらに三年前にオグマの遺体が見つかっている。ふたりは客死とされていた。

「ふたりは一緒に行動していたのかもしれないわ。きっと、お父様もお母様の病について調べていくうちにシイーナレ族にたどり着いたのよ」

手紙に場所などの手がかりはなかったが、シイーナレ族について記されているのだ。

しかし、ネイトの手紙には一切歌については書かれていない。代わりに神聖力《しんせいりょく》を吸収する古代秘宝《アーティファクト》の伝説と、暁《あかつき》の乙女のおとぎ話が引き写されていた。

「たしかにそうとしか思えない。そして、兄の手紙に書かれている古代秘宝《アーティファクト》と鎮静力をもつ暁《あかつき》の乙女」

ディアミドはそう言うと、ブリギッドを見た。

「俺は、暁《あかつき》の乙女がブリギッドではないかと思っている」

「え？　私なんかが？」

慌てふためくブリギッドを、ディアミドは真剣な眼差しで見つめた。そして、ゆっくりと彼女の手を取る。

「……あなたに触れると心が落ち着く。そんな女性はどこにもいない。この世界であなただけだ。ブリギッド」

キラキラとした黄金の目が、優しげに微笑んで春の木漏れ日のようだ。

ブリギッドは思わずドキリとする。

「そ、それは、ディアミド個人の感想では？」

口に出してブリギッドはうろたえた。

(これじゃ、まるでディアミドが私個人に興味があるって言ってるみたいじゃない！)

「あ、いえ、そんなわけないですね、ハハ」

即座に慌てて否定する。

「たしかに、否定はできないが」

「否定しないの⁉」

思わずつっこむブリギッド。

「それだけではない何かを感じる」

「何か……？」

「ニーシャもあなたに触れたがるだろう。それに、成人秘蹟のすんでいない子どもたちも。普通は成人秘蹟を受けていない者は警戒心が強いものだ。それなのにブリギッドには懐く。きっと獣性が強く残っている者はあなたに何か特別なものを感じるのではないか？」

ブリギッドは指摘され、納得した。

たしかに、獣の耳が残っている子どもたちにはよく懐かれる。孤児院ではいつも子どもたちに纏《まと》わりつかれていたのだ。

単純に前世の知識で子どもの扱いを知っていたから好かれやすいのだと思っていたが、そうではないのかもしれない。

「たしかに心当たりはありますね。そういえば、ここへ来る前、母を抱きしめ歌を歌ったのですが、それで獣性の乱れが治りました。私はニーシャの歌のおかげだと思っていたけれど」

「そうだな。あなたの力も関係しているのだろう。きっと、歌と乙女、ふたつがそろわなければ意味がないのだ。そして、それに気がついたからこそ、兄とグリンブルスティ子爵は、各々の手紙に分けて書いたのではないか――」

ブリギッドはゴクリと唾を飲み込んだ。

「同じ手紙に書いて、誰かに読まれたら困るから……？」

ディアミドはうなずく。

「キアン猊下《げいか》に知られたくなかったのだろう。俺は鎮静剤をもらうためキアン猊下《げいか》に従わざるを得なかった。猊下《げいか》と王室が対立したとしても、猊下《げいか》側につくしか選択肢はない」

淡々と説明するディアミドだが、それがかえってブリギッドの胸を痛めた。

（ディアミドは十三歳からずっと猊下《げいか》の顔色を窺いながら生きてきたんだわ。軍神と呼ばれる武勇

も、猊下《げいか》の命で最前線に立たざるを得なかったのだとしたら)

十三歳といえば、まだ幼い。少年だったディアミドを思い、ブリギッドは彼の手を優しく撫でた。

「頑張りましたね」

ブリギッドの唐突な言葉に、ディアミドはボッと顔を赤らめる。

「な、何を、突然」

「十三歳なんて、ほんの子どもじゃないですか。それなのにそんな秘密を抱えて、そのうえ、若くして侯爵の爵位も守らなくてはいけなくて」

ブリギッドはディアミドの頭をヨシヨシと撫でた。

「小さかったディアミドはよく頑張りました」

ブリギッドが笑い、ディアミドの鼻の奥は痛くなる。侯爵を継ぐはずだった兄は行方不明になり、両親も早くに亡くなったため、家族の愛に縁がなかった。

そもそも家族がこうなったのも、すべては自分の獣化のせいではないかと負い目を感じていた。自分がすべて悪いのだと、だから自分の血を残すべきではないと、そう思いつめていた。

しかし、ブリギッドのひと言で心のわだかまりが解けていく。

「そうか、俺は頑張ったのか」

「ええ、頑張りました」

そう断言されて、ディアミドは初めて自覚した。

(俺は、誰かに頑張りを認めてほしかったのだな……)

暁《あかつき》の光がディアミドの心を照らしていくようだ。夜明けを告げる一番鶏の声が響いてきた。

ブリギッドは厚いカーテンがかかった窓を見やった。まだ外は暗いようだ。

「きっと、明るくなればキアン猊下《げいか》がやってくるでしょう。鎮静剤を持って」

「そうだな。さすがに獣化したままの俺をそのままにしておくことはないだろう」

ブリギッドはうなずいた。

「でもなんで突然、偽物の鎮静剤を飲ませたのかしら？」

ディアミドはわからないと頭を振る。

「だが、こうなると、サーカスでのモンスターの件も、猊下《げいか》が関わっているのではないかと俺は疑っている」

「え？　サーカスの件？」

「あなたがもらった造花につけられていたモンスターを呼び寄せる香り。あれは大聖堂でも限られた者しか扱えないからだ」

「実行犯はカットさんでも、裏で手助けした人がいるということですか？」

「ああ」

ディアミドとブリギッドは黙り込んだ。そしてお互い見つめ合い、うなずく。

「ニーシャのためにも、これ以上思いどおりにはさせない」

ディアミドはニヤリと口の端を上げた。その微笑みは軍神と呼ばれる男にふさわしい不敵なもので、ブリギッドはゾッとした。

（この人、敵に回してはいけないわ……）

ブリギッドはそう思い、鳥肌が立つ自分の腕をさすった。

書斎の重厚なカーテンから朝日が差し込んでくると、侯爵家の外が騒がしくなってきた。ブリギッドとディアミドは書斎のカーテンからそっと外を窺い見る。

そこには沈鬱な表情のキアンが大聖堂の聖騎士隊《せいきしたい》を率い、フローズヴィトニル侯爵家を取り囲んでいた。重々しい雰囲気にただならぬ状況だとふたりは感じる。

「なんて言ってるかわかりますか？」

ブリギッドが尋ねる。

聖騎士隊《せいきしたい》の声を、ディアミドの敏感な耳が拾う。

「我が家から悪のオーラが放たれていると疑っているぞ」

ディアミドは鼻で笑った。

「俺の名誉のためにも聖騎士隊《せいきしたい》内部で処理したいと言っている。どうやら侯爵家に踏み込むつもりらしい」

ディアミドは苦々しい顔をした。

「黙ってやられるわけにはいきませんよね？」

ブリギッドが煽るように悪い笑顔を向ける。茶色の瞳が好戦的に光った。

それを見て、ディアミドも薄く笑う。ブリギッドは守られるだけのただの女ではない。彼女とならどんな相手でも一緒に戦えると信じられる。

「もちろんだ」

ディアミドの言葉にブリギッドはうなずいた。

戦場に立つときのような高揚感がふたりを包む。

ディアミドは軍服に着替えると、ふたりで侯爵家の玄関まで降りていく。

「このまま普通にドアを開けても大丈夫ですか？」

ブリギッドが尋ねた。相手はモンスター討伐をおこなう聖騎士団だ。

「俺を誰だと思っている？」

「ソードマスターであり、元帥、そして鉄壁の軍神フローズヴィトニル侯爵閣下です」

ブリギッドが答えると、ディアミドは不敵に笑う。

「聖騎士隊《せいきしたい》一隊くらいは、俺の相手ではない」

そう断言し、ドアノブを回した。

「……開かないな？　封印魔法をかけられている」

ガチャガチャとドアノブを回すと、ドアの向こうから動揺する声が聞こえた。すでにおびえているのだろう。

「情けないな。これが終わったら鍛え直さなければ」

ディアミドはさらにドアノブを回した。

「うわ！　出てくる!!」

「異常を感じた時点で、魔法で封印をしました。私が封印を解かない限り、出てくることはできません」

緊張する聖騎士隊《せいきしたい》に向かって、キアンが厳かに告げるのが聞こえてくる。

「さすがキアン猊下《げいか》だ」

賞賛のため息が聞こえ、ブリギッドはバカバカしいと呆れた。

キアンが聖騎士たちに命じる声が響いた。

「私の合図とともに、矢を打ち込んでください！」

「侯爵家に矢だなんて」

「お気持ちはわかりますが、侯爵家をこうまでしたモンスターが王国に解き放たれたら、どうなりますか？　あの、軍神が倒せなかったモンスターです。迷っている暇はありません！」

そう厳しく言われたら聖騎士たちは反論などできないはずだ。彼らは矢をつがえ、侯爵家の玄関に狙いを定めたようで、緊張がドア越しに伝わってくる。

「では、封印を解きます。3、2、1」

キアンの声に合わせてディアミドがドアを開くと、一斉に矢が放たれる。

ディアミドは矢をマントで受け止めて払い落とし、剣を抜く。煌めく剣から放たれるオーラは、ソードマスター特有の清らかな光で、聖騎士たちはその眩しさに目を細めた。

「何事か」

ディアミドが一喝すると、聖騎士たちは弓を下ろした。

キアンはディアミドの姿に呆気にとられる。

「ディアミド……？」

「キアン猊下《げいか》、朝からどういったご用件でしょうか」

予想外の展開にキアンは混乱する。しかし、慌てて取り繕った。

「……部屋の中が荒れているようですが、モンスターでも現れたのでしょうか？」

ディアミドはニヒルに笑った。

「昨日の夜は少し激しかったので……」

ディアミドの後ろから、ブリギッドがひょっこりと顔を覗かせた。

「侯爵夫人!?　……なぜ、まだ生き……！」

キアンは驚き口を滑らせ、慌てて口を噤む。

ブリギッドは確信する。

（やっぱり、私をディアミドに殺させるつもりだったのね）

ジロリとブリギッドがキアンを睨むと、キアンは取り繕うように聖騎士隊《せいきしたい》に命じた。

「これは、私の勘違いのようでした。聖騎士隊《せいきしたい》はすぐに大聖堂に戻ってください」

「しかし……」

聖騎士隊《せいきしたい》は困り果て、聖騎士隊《せいきしたい》の隊長でもあるディアミドに判断を仰いだ。隊長相手に、勘違いで弓を引いたなどあってはならない。このまま帰ってよいものか判断できなかったのだ。

「私は無事だ。聖騎士隊《せいきしたい》は守備に戻れ」

ディアミドが無表情で命じた。キアンの個人的な命令に聖騎士隊《せいきしたい》をこれ以上付き合わせてはいけない。

「はっ！」

ディアミドの命令に、聖騎士たちは従順に従った。

「聖騎士隊《せいきしたい》のくせに司教の私の命には従わず、ディアミドには従うのか……」

キアンが小さく呻いたのを、ディアミドは聞き逃さなかった。

聖騎士隊《せいきしたい》が屋敷から出ていくのを見届けると、キアンはディアミドを見上げる。

「ディアミド……、君に何もなくてよかったよ。誤解で弓を引いてしまい、すまなかったね。もし軍神と呼ばれる君に何かあったなら、相当強いモンスターかと思って、先走りすぎてしまったようだよ。許してくれるだろう？」

心底心配し、謝罪しているかのようにキアンは話す。

少し前のディアミドならすっかり騙されていただろう。仮に疑ったとしても、反論はできなかった。命綱でもある鎮静剤を与えてくれるのはキアンしかいないからだ。

(しかし、今はブリギッドがいる)

ディアミドは心強く思う。これから先はキアンの顔色を窺う必要はないのだ。

「ご心配おかけしました。昨夜、妻を送り届けてくれたのは猊下《げいか》だと聞きました。おかげで濃密な夜を過ごすことができました」

「……ちょっと！」

ディアミドが言うと、ブリギッドがディアミドの腕をつつく。

キアンはブリギッドを睨《ね》めつけた。

「あまり妻を見ないでください」

ディアミドはブリギッドをかばうようにマントで包みこみ、キアンの視線にはだかる。

怒気を含んだディアミドに、キアンはハッとする。

「ああ、これは失礼だったね」

キアンは取り繕ったように作り笑いをする。

「しかし、なぜ、猊下《げいか》が妻を送り届けてくださったんですか？」

ディアミドの言葉にキアンは背中に汗をかいた。

「君の体調が優れないのではないかと思ってね。でも、そんなことはなかったようでよかったよ」

混乱しているようなキアンを見て、ブリギッドは思う。

（きっと、猊下《げいか》は焦っているわよね。偽物の鎮静剤を与えたのに、獣化が抑えられているんだもの。それに、鎮静剤が必要ないとなれば、今後ディアミドをコントロールできなくなるし、猊下《げいか》の失敗を黙っている理由もなくなるわ）

しかし、ブリギッドもディアミドも表情には出さない。

「はい。これもすべて猊下《げいか》のおかげです」

「いや、神の御心だよ」

白々しい言葉をやりとりして、キアンは相手の胸の内を探る。だが、ディアミドは相変わらずの無表情で、それが癪に障る。

いらついた表情でキアンがブリギッドを見ると、ディアミドが不快そうに顔をしかめた。

「猊下《げいか》、とりあえず、中にお入りください。使用人たちが出払っているため、なんのもてなしもできませんが。……ブリギッド、悪いが一度、子爵家へ戻ってくれ。俺は猊下《げいか》と話をしたい」

ブリギッドはコクリとうなずくと、荷物をまとめて出ていく。

キアンはディアミドに促されるまま、屋敷の中に入った。

「っう！」

獣の匂いが充満している屋敷内に、キアンは眉をひそめた。

ディアミドが応接間のソファーをキアンに勧めると、彼は恐る恐るといったように腰を下ろした。いつ豹変するかわからず警戒しているのだろう、手には鎮静剤を握りしめている。

「心配されなくても大丈夫ですよ。猊下《げいか》。私の獣化は収まりました」

「……鎮静剤が効いたんですか？」

信じられない気持ちでキアンは尋ねる。

ディアミドはキアンの問いに答えずに、問い返した。

「……なぜ効かないと思ったのですか？」

キアンはサラリと答えた。

「いえ、今までと状況が違ったからね。効果が薄くなるかもと心配していたんだよ」

「今までと状況が違うとは？」

「ええ、結婚したでしょう？　獣性が強まるのでは、と不安になってね」

「それなのに、妻をここへよこしたのですか？」

ディアミドの軽蔑するような声色に、キアンは思わず怯む。

「……番《つがい》がいれば獣化が止められるのではと。君たち一族は番《つがい》をことのほか大切にするから」

キアンは苦し紛れに絞り出す。

「聡明な猊下《げいか》のお考えのとおりでした。妻の愛のおかげで私は難を逃れました」

「つまさか、本当に番《つがい》がいれば獣化しないのかい？」

「はい」

「では、夫人は君の醜い姿を見ていないと？」

キアンの言葉に、ディアミドはグッと奥歯を噛む。

(醜い姿とは獣化した姿のことだろう。しかし、ブリギッドは可愛いと言っていた。だからこれは嘘じゃない)

ディアミドは答えた。

「はい。妻は見ていません」

キアンは薄く笑う。

「そうか。そうだろうね。見たのならあのように振る舞えるわけがない。よかったね、ディアミド」

「はい。これからは鎮静剤も不要です」

「……それは、少し早計では？」

キアンが不快そうにディアミドを見る。

「なぜですか？　これからはいつでも妻がいます」

「しかし、いつ何があるかわからないでしょう？」

言葉に含みを感じ、ディアミドはキアンを睨む。

「どういう意味でしょうか？」

「深い意味はないよ。ただの一般論さ。これからディアミドが私のもとへ来る機会が減ると少し寂しいね」

キアンはニコリと微笑んだ。

「信仰心が減るわけではありません。これからも変わらずお仕えします」

ディアミドは無表情で返答した。

「でも、今回のことで不思議に思いました。もしかして、猊下《げいか》はあえて私が獣化するように成人秘蹟をおこなったのですか？」

ディアミドは黄金の瞳で、キアンを見つめた。

胸の奥ではまだ捨てきれない思いがある。十三歳から今まで、この秘密を共有できたのは家族以外ではキアンしかいなかった。

切実に光る黄金の光に、キアンは目を背けたくなる。

自分は恵まれなかった金色。金の髪を持たぬという理由で、家族から引き離されたキアンにとって、瞳のその色は眩しすぎた。

「まさか。なぜ、そんなことをする必要がある？　ただ危険なだけじゃないか。成人秘蹟の失敗は私にとっても恥なんだよ？」

キアンは心外だといわんばかりに眉を下げた。

「……では、なぜ、妻を危険にさらそうとするのですか」

「どういう意味かな？　今回のことはすまなかったよ。でも、危険にさらすつもりではなく、君たち夫婦の絆を信じただけだ」

キアンはシレッと答える。

（最悪の場合を想定していなかったわけがない）

ディアミドは拳を握りしめると、割れた爪に血がにじむ。

「それ以外にも理由はあります。先日、サーカスで魔獣が暴れた件ですが、モンスター寄せの香《こう》が使われていました」

キアンは黙った。

「たしかに、それは大聖堂のものしか持ち出せないものだ。しかし、そんな香りを嗅ぎ分けられる人間などいないだろう？」

「妻の生家は黄金の猪です。あの家系は特別鼻が利くのです」

「！　だとしても、私だという証拠はあるのかい？」

優しく尋ねるキアンだが、目はすでに笑っていなかった。

（その答えが、黒だと言っている）

ディアミドはため息をかみ殺し、頭を振った。ずっと裏切られていたとわかり、悲しかったのだ。

「失礼いたしました。大聖堂の誰か、かもしれませんね」

「ああ、今後そんなことがあってはならないね。しっかり調べておくよ」

キアンはそう言うと、席を立った。

「どうやらまだ気が立っているようだ。私はこれでおいとましよう。早く夫人を呼び寄せて心を落ち着けたほうがよい」

足早に玄関へ向かうキアンの背をディアミドが追いかける。

キアンがドアノブをまわそうとした瞬間、その手をディアミドが押さえた。そして、荒々しくドアに手をつく。

「……なんのつもりだ。ディアミド、不敬だぞ」

「ブリギッドに手を出すな」

低く獰猛《どうもう》な声。今までは使わなかった乱暴な物言い。立ち上がる肉食獣の匂い。

キアンは思わず恐怖で息を止めた。王族として、司教としての矜持がなかったら逃げ出してしまいたいほどだ。引きつるような笑顔を浮かべ、静かにうなずく。

キイとドアが開かれ、フワリと風が流れ込んでくる。キアンは息を止めたまま、一歩外へ踏み出した。

ディアミドはキアンが出たことを確認すると、静かに玄関のドアを閉めた。

「あの……バケモノめ」

キアンはつぶやく。そして、急ぎ大聖堂へ戻る。

証拠を消さなければいけないのだ。

第九章　暁《あかつき》の乙女

ブリギッドはケリドウェン・ミズガルズ侯爵のもとにいた。ディアミドの兄であり、ニーシャの父であるネイトが残した手紙を見て、彼女に教えを請う必要があると思ったからだ。

「ケリドウェン先生は、〝暁《あかつき》の乙女〟をご存じですか？」

ケリドウェンは、ピクリと眉を動かした。

「シイーナレ族のおとぎ話ですね。どこで聞いたのですか？」

ブリギッドはその反応を見て、知っているのだと察した。そして、それが公《おおやけ》にされない存在ということも同時にわかり、大きく息を吐く。

（お母様には許可を頂いたけれど、獣性の乱れについて話をするのは勇気がいるわね）

ブリギッドは真剣な眼差しで、ケリドウェンを見た。

「……実は、私の母のことなのですが、獣性の乱れで体調を崩しておりまして」

「っ！　あなた、それは！」

「母から許可は取っております。ケリドウェン先生になら話してもかまわないと言ってくれました」

慌てるケリドウェンにブリギッドは説明するが、彼女はうつむいた。

「……そう」

「それが、私が触れたことで改善されたと言うのです」

ブリギッドは歌の話は黙っていた。ふたつを揃えてあつかうことに、オグマもネイトも慎重だったからだ。

ケリドウェンはブリギッドを見つめた。

「考えられないことではないわね」

「どういうことですか？」

「あまり知られていないけれど、あなたの母クリドナは、今はなきヴィゾーヴニル家の血筋ですからね」

ブリギッドはキョトンとした。ヴィゾーヴニル家はすでに断絶しているが、鶏の獣性を持つ家系だ。〝夜明けを告げる鶏〟と呼ばれていた。

「母の生家の名はグリンカムビですが……？」

「彼女は養女だったのよ。多分、本人も知らないでしょう。ヴィゾーヴニル家は彼女が生まれる前に没落しているのよ。彼女が生まれてすぐに当主が亡くなり、家を継げる者がいなくなってね。生まれたばかりの幼子が飢えて泣くのを見るに見かねたグリンカムビ家が、我が子として引き取ったの。このふたつの家はもともと同じ血筋でしたから」

ケリドウェンは一度、言葉を切った。

「そして、ヴィゾーヴニル家は〝暁《あかつき》の乙女〟の血を引く一族と言われていたの」

ブリギッドの心臓がドクンと跳ねる。

(まさかお母様と暁《あかつき》の乙女に関係があったなんて)

「それは、有名な話なのですか?」

ケリドウェンは軽く頭を横に振った。

「知っているのは教会と王家、私ぐらいのものでしょう」

「どうしてですか?」

ブリギッドは真っ直ぐな目をケリドウェンに向けた。

母の血筋に隠されていた秘密が、今、明らかにされようとしている。この先の事実を知ることが、よいことなのかブリギッドにはわからない。しかし、母の病気の理由がその秘密にあるのなら、見過ごすわけにはいかなかった。

「ヴィゾーヴニル家自身が、暁《あかつき》の乙女の血を引くことを憂い、隠していたからよ。その伝説を知った不届き者が未婚の娘を狙うからね。誰も信じられなくなったのでしょう。血族婚を繰り返し、目立たぬように生きたヴィゾーヴニル家はなくなった」

ケリドウェンはうつむいた。

「あなたに話すか迷ったわ。ヴィゾーヴニル家はなくなって、クリドナはグリンカムビ家として生きているのだから。知らなければ、あなたは暁《あかつき》の乙女の業《ごう》を背負わずに生きていけたはずですからね」

静まりかえる部屋の中で、ブリギッドは小さく息を吐いた。

（たしかに先生の言うとおり、知らないほうがよかったのかもしれない。暁《あかつき》の乙女に獣性を抑える力があったために、ヴィゾーヴニル家の人々は人を信用できなくなってしまったのだから）

知らされた真実が、ブリギッドの肩に重くのしかかる。

「……でも、私は知りたかったです」

ブリギッドは、声を絞り出した。自分の力を知っていれば、もっと早く母を助けることもできたはずだ。

「あなたならそう言うと思ったの。そして、立ち向かう覚悟も力もあるでしょうから」

ケリドウェンは顔を上げ、ブリギッドを見据えた。

「でも、その暁《あかつき》の乙女の血を引くクリドナが、獣性の乱れなんて考えにくいわね」

ケリドウェンは不可思議に首をかしげる。

ブリギッドは、グッと腹に力を込めた。

（先生に話していいことかわからない。先生も知らないかもしれない。でも、私を信じて教えてくれた先生を、私もまた信じたい）

ブリギッドは震える指先を握りしめた。緊張で耳の奥の血流がうるさく音を立てる。渇く喉を押し開き、ケリドウェンに尋ねた。

「先生は……、神聖力《しんせいりょく》を吸収する古代秘宝《アーティファクト》をご存じですか？」

「っ！　それは！」

ケリドウェンの瞳が驚愕で見開かれた。ブリギッドは確信する。

（やっぱり、先生は知っているんだ！）

ブリギッドは答え合わせをするように、ケリドウェンを見つめた。

「それで、暁《あかつき》の乙女の力を吸収することはできませんか？」

ブリギッドの言葉に、ケリドウェンは蒼白になる。

「できるわ……。理論上は可能だけれど……その存在はほぼ伝説よ」

「先生も見たことがないのですか？」

「見たことはないわ。ただ」

ケリドウェンは自分の鍵付きの引き出しから、古文書を取り出してきて見せた。そこには小さな宝珠が描かれている。

「これが、その〝夜光《やこう》の珠《たま》〟よ」

見せられた絵には、手のひらに収まるほどの涙型の宝石が描かれていた。説明には、黒い石の中に金色のインクルージョンが輝いていると書いてある。

「〝夜光《やこう》の珠《たま》〟は、成人秘蹟が確立する前に使われていたという古代秘宝《アーティファクト》ね。獣性が荒れ狂った人々を暁《あかつき》の乙女が直接癒すのには限界があったから、彼女たちの鎮静力を集め鎮静剤を作っていたのよ」

ケリドウェンの説明に、ブリギッドは固唾を呑んだ。また一歩、真実に近づいた予感がする。心臓が波打って息が苦しい。

「でも、教会が成人秘蹟を確立し、封印した物でもあります。いわば、禁忌の古代秘宝《アーティファクト》なの。使うには暁《あかつき》の乙女の鎮静力を集めなくてはいけないから。暁《あかつき》の乙女の体力を奪うのよ。それに、危険な副作用もある。教会が儀式をおこなうことで、副作用もなくなり暁《あかつき》の乙女個人に犠牲を強《し》いることはなくなりました」

そこで、ケリドウェンは顔を上げた。ブリギッドと視線が絡まり合う。

「……まさか！」

ブリギッドは相槌を打つ。

(ケリドウェン先生のおかげで、パズルのピースがそろったわ！　お母様はキアン猊下《げいか》に鎮静力を奪われていたのよ)

「母は獣性が乱れたのではなく、鎮静力を奪われていたのかもしれません」

「でも、鎮静剤が作られた証拠がなければ、にわかには信じられないわ」

「証拠があればどうなるのでしょう？」

「禁忌の薬です。作った者は厳罰に処されるでしょう」

ブリギッドはその言葉を聞き、ギュッと拳を握りしめた。

(鎮静剤の証拠はある。でも、それを明らかにすることはディアミドの獣性について公《おおやけ》にすることになるわ。それはできない)

ブリギッドは大きく息を吐くと、頭を一振りした。証拠はそろった。しかし、慎重に考えて行動しなければ、大切な人を傷付ける。それは本意ではないのだ。

「先生、ありがとうございました！」

ブリギッドは、なんでもない顔をして、空元気で立ち上がった。ケリドウェンに心配をかけないためだ。

「ブリギッド！」

ケリドウェンはブリギッドを呼び止めた。

「あなた、ひとりで無理をしようとしてはいけませんよ。あなたの悪いくせです。頼るべき人に頼りなさい。私もあなたの味方なのだから」

ケリドウェンの言葉に、ブリギッドはウルリと感動する。

（でも、先生を巻き込めない。相手は王族の血筋、大聖堂の司教だもの）

「わかりました。先生。何か困ったら相談します。よろしくお願いいたします」

ブリギッドは感謝の気持ちを込め、深々と頭を下げた。

「わかればよろしい」

獣性の問題はナイーブなのだ。相談したくても相談できないこともあると知っているケリドウェンはこれ以上詮索はせずに送り出してくれる。

それからブリギッドは墓地への道を歩いていた。ヴィゾーヴニル家の墓を見ておこうと思ったのだ。

ヴィゾーヴニル家の墓石には、朝日に向かって歌うナイチンゲールの彫刻が施されていた。ナイチンゲールはシイーナレ一族の紋章である。

（ヴィゾーヴニル家はニワトリの紋章のはず……何か深い縁があったのね）

ブリギッドは歴史に思いをはせ、花を置き、祈りを捧《ささ》げる。

そのとき、背後に気配を感じ、振り返った。そこには黒いフードを被った男がいた。その男の後ろには、下男たちがいる。

(キアン猊下《げいか》⁉)

思った瞬間、神聖力《しんせいりょく》で拘束される。

「神聖力《しんせいりょく》でこんなこと、許されません！」

神聖力《しんせいりょく》を私的な暴力に使用することは禁じられているはずだ。ブリギッドが抗議すると、男はフードの奥から笑った。

「よくここまでたどり着いたね。君を少し侮《あなど》っていたようだ。だって、猪突猛進のグリンブルスティ家だろう？　いくら母がヴィゾーヴニル家だとしても」

「やっぱり、知っていたんですね」

ギュウと神聖力《しんせいりょく》で締めつけられ、ブリギッドはゴホゴホと咳き込んだ。いくら力の強いブリギッドでも神聖力《しんせいりょく》にはかなわない。魔法学園を中退している彼女は、魔法の実技は経験不足だった。それに神聖力《しんせいりょく》に対抗する方法など習わない。

「連れていけ」

キアンが下男たちに命じる。

荷馬車の中にブリギッドは乱暴に詰め込まれた。そして、大聖堂の倉庫で荷物と一緒に下ろされる。

キアンは自分のフードをブリギッドに被せると、自室へと連れていった。自室の扉に鍵をかけると、キアンはブリギッドのフードを剥いだ。

「キアン猊下《げいか》……」

ブリギッドはキアンを睨み上げる。

「まさか、君まで暁《あかつき》の乙女の力を受け継いでいるとはね」

そう言うと、キアンは懐《ふところ》から夜光《やこう》の珠《たま》を取り出した。

「これからは、君から力をもらうようにするよ。よかったね。君のお母様はこれで元気だ」

ニヤリと笑うキアンに、ブリギッドはゾッとした。

「やっぱり、母の病気はキアン猊下《げいか》の」

夜光《やこう》の珠《たま》がブリギッドの額にコツリと触れた。触れた場所からブリギッドの鎮静力が夜光《やこう》の珠《たま》に吸い込まれていく。吸い上げられた寂光《じゃっこう》が、夜光《やこう》の珠《たま》のインクルージョンをさらに輝かせる。

「っ！」

ブリギッドはガクリと膝をついた。体の中から力が吸い取られ、激しい目眩が起こる。天井がグラグラと回り、気持ちが悪い。そのまま床へグズグズと倒れ込む。

「すごい、すごい、君の母とは比べものにならないほどの力だ！　これが万全なヴィゾーヴニル家の力。夜明けを告げる暁《あかつき》の乙女の力か」

キアンは興奮し、夜光《やこう》の珠《たま》をブリギッドへさらに押しつける。グリグリと容赦なくブリギッドの額に冷たい珠が食い込んだ。

（目の底が赤い……、このままじゃ気を失っちゃう）

「珠が割れても知りませんよ」

ブリギッドは力を振り絞り、あえぐようにして脅す。

すると、キアンは驚いたように夜光《やこう》の珠《たま》を離した。そしてマジマジと夜光《やこう》の珠《たま》を見る。

「たしかに、これ以上、鎮静力を吸わせたら割れそうだね。とりあえず、一度、鎮静剤に抽出しようか」

キアンはいびつに笑いながら、夜光《やこう》の珠《たま》を漏斗《ろうと》型の魔導具の中に入れた。

魔導具の上には、透明な液体が入った入れものが乗せられている。そのノブを回すと、液体が夜《や》光《こう》の珠《たま》に落ちる。夜光《やこう》の珠《たま》に落ちた薬液は紫に変色し、ディアミドが持っていた鎮静剤と同じ瓶に落ちた。

キアンは満足げにそれを見て、〝鎮静剤〟とラベルに書く。

「うん、君のお母様から作った物より上等だ。本当に腹立たしいよ、君は。ディアミドが離さないわけだ。こんなに使える女だと知っていたら、私ですらそう思う」

キアンはそう言うと、ふむ、と考えた。

「そうだ。伝説では、暁《あかつき》の乙女に抱かれると、荒ぶる心が落ち着くのだったね。少し試してみよう」

キアンはそう思いつくと、身動きが取れないブリギッドを抱きしめた。

「やだ！　やめて!!　離して!!」

力を奪われ、弱々しく抵抗するブリギッドの胸に、キアンは顔を埋める。

「何も感じないな。抱き方が違うのか？」

キアンはそう独り言つと、ブリギッドの首筋に顔を寄せる。

「やめて！　気持ち悪いっ！　離れて!!　獣化してないなら何も感じなくて当たり前でしょ!!」

ブリギッドは力の限り叫ぶ。

「私だって気分は悪いんだよ。それに、私が獣化してないなんて、なぜ言える？　耳がないから？　たしかに姿はそうかもしれない。だが、私の心はずっとずっと飢えている！　これが獣性じゃないとしたらなんなんだ」

キアンは吐き捨てるように激語を発した。

「ねぇ、どうやって、ディアミドを落ち着かせた？」

ブリギッドは首を振る。

「わからないわ」

(歌のことは知られたらいけない！)

「そう」

キアンは薄く笑うと、ブリギッドのドレスのボタンに手をかけた。

「っやめて！　本当にやめて!!」

「夫婦の営みの可能性はあるでしょう？」

「そんなわけないわ！」

「そんなわけないとなぜ言い切れる？　していないわけではないでしょう？」

問われてブリギッドは唇を噛む。

（私とディアミドは夫婦の営みなんかしてないって言えない！　言ったら偽装結婚で罰せられるわ）

「私だって本当は嫌だよ、お前なんか」

そう言い放って、キアンは自分の胸元をはだけた。

ブリギッドはギュッと目を瞑った。あまりの恐ろしさに血の気が引く。魂まで凍りついてくる。

「まずは、素肌をあわせてみよう」

「ねぇ、私の心も落ち着かせておくれよ」

「いや!!　助けて！　助けて！　ディアミド!!」

ブリギッドは今までこんなに大きな声で、人に助けを求めたことはなかった。

助けを求めることが恥ずかしかったし、それ以上に心苦しかったからだ。もし助けを求めてその手を振り払われたら悲しい。だったら、自分で解決したほうが早くて間違いがない。

だから前世でもひとりで無理を続け、最終的に死んでしまったのだ。

「来るわけないよ」

キアンに冷たく耳打ちされ、ブリギッドもそう思う。

ふたりの関係は偽りのものだ。そこに深い愛情はない。ニーシャのためならともかく、ブリギッドのために大聖堂に剣を向けるはずなどない。

（わかってる。わかってるけど、それでも、信じたい！）

「ディアミド！　助けて!!」

カラカラに渇いた喉で力の限り叫ぶ。凍りついた魂が反動で砕けてしまいそうだ。

そのときだった。

「……！」

キアンの部屋のドアが大きな音を立てて切られた。

そこには剣を振りかざしたディアミドが仁王立ちしている。憤怒の形相《ぎょうそう》はモンスターを追いつめる軍神そのもので、その背には黄金のオーラが煌めいて見える。

黄金の光の眩しさにブリギッドは震えた。

――ただ彼がいる、それだけで恐怖が和らいでくる。絶対に助けてくれる、そう信じられる。

「……ディアミド、来て、くれた」

ブリギッドの頬に、ホロリと涙が転がった。

（信じてよかった……。やっぱり、信じられる人だった）

そう安心するとともに、自分のために大聖堂に剣を向けてくれたことに胸が苦しくなる。罪に問われるかもしれないと罪悪感を覚えつつ、喜ぶ自分がいるのだ。

ディアミドはブリギッドからキアンを引き離すと、力いっぱい投げ飛ばす。

嘔吐《えず》くキアンを尻目に、ブリギッドを拘束している神聖力《しんせいりょく》を魔力のこもった剣で断ち切った。

「逃げろ！」

ディアミドに言われ、ブリギッドはヨロヨロと立ち上がる。そして、鎮静剤を抽出している魔導具へ歩み寄ると、それを抱え込んだ。

「クソ女！　何をする‼」

叫ぶキアンの首元にディアミドは剣を押しつけた。すると、キアンは神聖力《しんせいりょく》で剣を押し返し、剣と神聖力《しんせいりょく》が拮抗する。

「……まさか、私を切ることはできないだろう？」

キアンのはだけた胸元を見て、ディアミドは逆上する。

「なんだ、その格好は。まさか、俺の妻に触れたのか」

「ちょっと、触っただけだよ」

ブワリとディアミドのオーラが黒く濁る。キアンの首筋に血がにじんだ。

「本気で切るつもりか？　そんなことをしたら、フローズヴィトニル侯爵家は破滅だ。君も、君の妻も、君の養子もすべて処刑だ‼」

ブリギッドはそれを聞き慌てる。

「ディアミド、だめよ！」

「無理だ」

ディアミドの声は低い。

「聖騎士隊《せいきしたい》‼　何をしている‼　フローズヴィトニル侯爵が乱心だ‼　拘束しろ‼」

遅れてやってきた聖騎士隊《せいきしたい》に、キアンが命じる。

しかし、聖騎士隊《せいきしたい》は言葉を無視して、キアンを取り囲んだ。

「私ではない！　フローズヴィトニル侯爵を捕らえるんだ！　大聖堂に牙をむいた獣だ‼」

聖騎士たちはディアミドを見る。

ディアミドは黄金の瞳を煌々と怒らせ、剣に力を込めている。

ブリギッドはディアミドに駆け寄り、軍服の裾をキュッと引っ張った。

「お願い。ディアミド、公《おおやけ》の場で裁かなければいけません。ディアミドを罪人にしたくないの！」

ビクリとディアミドが反応し、ブリギッドを見る。その言葉に顔を赤らめ、素直にコクリとうなずいた。

「ニーシャのためにも」

ブリギッドが続けると、ディアミドは思わずションボリとする。

（ニーシャのため、か）

そう落胆しつつ、ディアミドは聖騎士たちに命じた。

「古代秘宝《アーティファクト》〝夜光《やこう》の珠《たま》〟の不正利用、侯爵夫人の誘拐の疑いで、司教キアンを捕らえよ」

聖騎士たちに剣を突きつけられ、キアンはしぶしぶと両手を挙げる。もう逃れられないと知ったのだ。

ディアミドは剣をはらって鞘に収めたのだった。

第十章　バケモノの涙

キアンは大聖堂の奥に併設された、小さな聖堂に連行されていった。そして彼は大司教の佇む祭壇の前に立たされる。

聖堂の中にはケリドウェン・ミズガルズ侯爵、その奥にベールで顔を隠した貴婦人がいる。その貴婦人は身分を隠し様子を見に来た王太后《おうたいごう》、キアンの母だった。

ブリギッドとディアミドはキアンを見おろす。そのとき、クリドナがグルアとニーシャを連れやってきた。

「ママ！」

ニーシャはブリギッドを見つけると、尻尾《しっぽ》をブンブンと振りながら駆け寄ってきた。飛びつくようにして抱きつくニーシャを、ブリギッドはギュッとかき抱く。

「ニーシャ！」

ニーシャの体温を感じるだけで今までの緊張や不安が吹き飛び、勇気が湧いてきた。

（この子を絶対幸せにするんだから！）

ブリギッドは決意を新たにする。ディアミドはニーシャを挟んで立った。ニーシャを守りたいという思いはふたり一緒だ。

「キアン司教、これはいったいどういうことかな？　ミズガルズ侯爵に問われ、〝夜光《やこう》の珠《たま》〟の所在を確認したところなくなっているではないか。慌てて聖騎士たちに捜索させていたのだよ。そうしたら、君が持っているとは……。何か事情があったのかね？」

恰幅がよい大司教は、優しげな声で尋ねる。

「……なんで、ミズガルズ侯爵が〝夜光《やこう》の珠《たま》〟を……」

キアンはケリドウェンを見た。

「何か問題がありますか？　考古学の研究で気になっただけです。しかし、封印された古代秘宝《アーティファクト》がこのような形で見つかるとは大変遺憾《いかん》です」

ケリドウェンは無表情で答える。

「何か、誤解があったようです。たしかに勝手に持ち出した罪は認めます。しかし、悪意を持って使おうとしたのではないのです。せめてお話を聞いていただきたい。逃げはしませんので、聖騎士たちの戒《いまし》めを解いてください」

キアンが穏やかに願い出ると、大司教は聖騎士たちに命じた。

「キアンの戒《いまし》めを解き、聖堂の出入り口を警護してください」

聖騎士たちは敬礼をし、素直に従う。

「キアン、話してみなさい。私はあなたに悪意がないことを信じますよ」

キアンは床に跪き、大司教を見上げた。潤む瞳は従順な聖職者そのものだ。

誠実そうな表情に見えるが、今までを知るブリギッドには薄ら寒く感じてしまう。

「大司教猊下《げいか》、お許しください。私はただ、フローズヴィトニル侯爵を救いたかっただけなのです！」

キアンの告白でディアミドは身構えた。自分の秘密をキアンがこの場で明らかにするのだと気づいたのだ。思わず顔をしかめてしまう。

ブリギッドはニーシャの背の後ろから手を伸ばし、ディアミドの手を握って勇気づけた。

（ニーシャのためとはいえ、隠してきたことを暴露されるのは怖いに決まってる。いくら軍神と呼ばれるディアミドでも、きっと傷つくわ）

ディアミドもその手を握り返す。ブリギッドの手は温かく、心が落ちついてくる。

「私は、成人秘蹟を受けながらも獣性をコントロールできないフローズヴィトニル侯爵のために、鎮静剤を作りたかっただけなのです……！　もし罪だとおっしゃるのなら、獣性が抑えられないという恥をできるだけ多くの人に知られないように、私の胸にしまって解決しようとした思いが罪なのでしょう」

キアンの口ぶりは信者を第一に思い、自分を犠牲にするのもいとわない清廉《せいれん》な司教そのものである。誰もが信じざるを得ない説得力があった。

（これでは、みんながキアン猊下《げいか》を信じてしまうわ！）

ブリギッドは不安な気持ちで周囲を見回した。思ったとおり、大司教は納得したようにうなずいている。

しかし、ケリドウェンは違った。

「しかし、夜光《やこう》の珠《たま》を使うこと自体が悪です。他人の神聖力《しんせいりょく》を奪う古代秘宝《アーティファクト》として、教会が禁忌に定めたはずです。キアン猊下《げいか》は、夜光《やこう》の珠《たま》で誰の力を奪ったのですか？」

どこまでも冷静なケリドウェンがキッパリと断じた。

「っ」

キアンは思わずクリドナに目を向けた。

いまだに現状が信じられないクリドナは不安そうにキアンを見る。

「ブリギッド、その魔導具をこちらに」

ケリドウェンに促され、ブリギッドは鎮静剤作製用の魔導具を持って歩み出た。彼女はそこから夜光《やこう》の珠《たま》をとり、クリドナに見せた。

「これに見覚えはありますか？」

クリドナはコクリとうなずく。

「キアン猊下《げいか》が癒しの際にお使いくださった特別な宝珠です」

クリドナが答えた。

「いつからお使いでしょうか？」

「はっきりとは覚えていませんが……二十年以上前からでしょうか？　産後の肥立ちが悪く相談したのがきっかけだったと思います。ですよね？　キアン猊下《げいか》？」

クリドナはキアンに微笑みかけた。二十年以上信じてきたキアンを疑うことができない。

キアンは作り笑顔で、クリドナを見た。

「夫人の勘違いでは？　はっきりとは覚えてらっしゃらないのでしょう？」

キアンに圧のある声で問われ、クリドナは自信なさげな表情になる。

「そうだったかしら……でも……」

（気の弱いお母様に圧力をかけて撤回させるつもりね）

ブリギッドは憤りつつ、はっきりと答える。

「勘違いではないはずです。寄付金を納めておりますので帳簿を確認していただければ、正確な日付はわかるでしょう」

「その話が本当だとすると、キアン猊下《げいか》はフローズヴィトニル侯爵閣下の成人秘蹟以前から子爵夫人より力を奪っていたことになります」

ケリドウェンは細い目でキアンを見据えた。

キアンは蛇に睨まれたカエルのように体を強ばらせる。

「そして、フローズヴィトニル侯爵閣下の成人秘蹟をおこなったのはキアン猊下《げいか》ですね」

ケリドウェンの指摘に大司教がバッと顔を上げた。

「まさか、キアン！　あなた、わざと！」

聖堂内がざわめきに包まれる。

ニーシャは異様な雰囲気に呑まれ、尻尾《しっぽ》を丸めてブリギッドにギュッとしがみつく。

「大丈夫よ、ニーシャ。ママがいるわ」

ブリギッドはニーシャを落ち着かせるために、そう囁きながら背中をポンポンと叩いた。

「司教猊下《げいか》がそんなことをされるのなら、いったい誰を信じたらいいんだ」

グルアがもらし、よろめいた。

聖騎士たちもうなずく。聖騎士たちは、教会を信じているから命をかけて守っているのだ。その教会が自分たちを裏切るのならとてもやりきれない。

王太后《おうたいごう》はベールの下で涙を流し、すがるようにキアンを見つめている。

キアンはそれを見ておののいた。会いたいと焦がれても会うことの許されなかった人だ。たまに会うことが許されたとしても、それは王太后《おうたいごう》と司教としてであり、母と子とのあいだには超えられない身分の壁が作られていた。

ここですべてが明らかになり、罪人となったら今度こそ見捨てられる。それだけが恐怖だった。

「……！　そんな、証拠があるのですか！　想像で侮辱するのもいい加減にしてください」

キアンは声を荒らげた。

（ここまできて、まだ認めないつもりなの？　罪を認めて謝ってくれたら、これ以上追いつめるつもりはなかったのに……）

ブリギッドは情けなく、悲しい気持ちになった。しかたなく、鞄から鎮静剤の空瓶を取り出し、魔導具と一緒に祭壇に置く。

「こちらは、フローズヴィトニル侯爵閣下が保管していた鎮静剤の空き瓶です。そしてこちら、先ほど、キアン猊下《げいか》が作っていた鎮静剤です」

ふたつとも同じ瓶、同じラベルに、キアンの筆跡が残っている。

ベールの下で大きくため息をつく王太后《おうたいごう》を見て、キアンは母からもう一度捨てられるのだと悟った。

「また、母上は私を見捨てるのですか！　小さな私を大聖堂に送ったときのように！」

キアンはポケットに隠し持っていた、獣性を強化する禁止薬である増強剤を一気にあおった。

「母なら、どんな子どもでも愛すべきじゃないのか？　なぜ、母上は私を愛さない？　継母ですら継子をあんなに愛しているのに……っ!!」

そうわめく、猛然と祭壇に飛びかかり、鎮静剤と魔導具をなぎ倒す。パリンと高い音がして、ガラスが割れる。

ディアミドは剣を抜き、大司教とキアンのあいだにはだかった。

「ブリギッド、ニーシャを連れて逃げろ！」

叫ぶ姿はまるで軍神のように雄々しい。

（大司教猊下《げいか》より、ニーシャを心配してくれるだなんて……！）

ブリギッドは感無量になりながらニーシャを抱き上げ出口に向かって駆けだした。

キアンの髪が大きく膨らむ。頭に丸い耳がふたつ現れる。獅子《しし》の尻尾《しっぽ》が尻から生え、ブンと震える。王家の獣性は、百獣の王である獅子《しし》なのだ。

「キアン猊下《げいか》が、獣化した!!」

聖騎士たちがワッと駆け寄り、キアンに剣を向ける。もちろんディアミドもだ。

キアンはすでに我を忘れたようで、一直線に王太后《おうたいごう》のもとへ駆けていく。

王太后《おうたいごう》は倒《こ》けつ転《まろ》びつ出口へ向かう。

しかし、その先にはニーシャとブリギッドがいた。王太后《おうたいごう》がよろめき、ブリギッドにぶつかった。

「あっ！」

ブリギッドは転びそうになり、ニーシャを抱えたままへたり込む。

そこを、王太后《おうたいごう》が追い抜き出口へ急いで逃げてゆく。

「ブリギッド！」

ディアミドの悲鳴に、ブリギッドはハッとした。

気がつくと憤怒の形相《ぎょうそう》のキアンが目の前にいた。王太后《おうたいごう》を追いかけようと、ブリギッドとニーシャを排除しようとしている。

「「ニーシャ！」」

ディアミドとブリギッドの悲鳴が重なった。

(だめかもしれない！　せめて、ニーシャだけは!!)

ブリギッドはニーシャをかばうように体の下に隠し、背中をキアンに向けた。

すると、ディアミドがニーシャを抱くブリギッドの前にはだかり、キアンに剣を向ける。しかし、獣の中で最強の獅子《しし》の姿となったキアンに、ソードマスターのディアミドは押されぎみだ。

「母、上……、母上」

キアンは、うわごとのように母を呼び続ける。

王太后《おうたいごう》はあまりの恐ろしさに、震えて体が硬直した。肉食獣に睨まれた獲物のようだ。

キアンは力の限り母を求め、邪魔をするディアミドを攻撃する。

「それでも、妻と息子は俺が守る!!」

ディアミドの決意を聞き、ブリギッドの恐怖で震えていた体が落ち着きを取り戻した。

(そうよ! ディアミドなら背中を任せても大丈夫! きっとニーシャを守ってくれる!)

ブリギッドはディアミドを信じ、震えるニーシャを固く抱きしめた。

「大丈夫よ。ニーシャ。ニーシャのパパは最強だから! パパなら絶対守ってくれる!」

ブリギッドの言葉に、ディアミドは奮い立った。

荒れ狂う牙。襲いかかる獣の爪。それらを巧みにかわしながら、背中にいるふたりを守る。

ニーシャは不利な状況で戦うディアミドを見て自分の無力さを歯がゆく思う。

(ママもパパも僕を守ってくれるのに、僕だけいつも足手まとい。そんなのは嫌だって、そう思ってるのに)

ニーシャは必死に考える。丸まった尻尾《しっぽ》に倒れた耳。体中がプルプルと震える自分が情けない。

(ふたりを守るために僕ができることは何もないの? 力はないかもしれないけれど、ほかに何か……!)

ふたりの役に立ちたいと切に願い、そして、ひらめいた。

(――そうだ! キアン猊下《げいか》は獣化して力が強いんだ! だから、獣性を穏やかにすれば……獣化を穏やかにする方法なら僕、知ってる! クマさんが教えてくれた歌。ママと一緒に歌った歌!)

ニーシャはスウと息を吸った。

（ママは秘密だって言った。でも！　ふたりを守るにはこれしかない。怒られてもいい。ふたりを助けられるなら――）

そう思い立ち、ニーシャは震える声で歌い出した。

「かの巫女は見る。狼の王。尊き神の血を引く者。暁《あかつき》の乙女の腕《かいな》に抱かれ、猛る心を海に沈めん――」

その高く美しいクリスタルボイスが聖堂の中に反響する。

（まるで天使の歌声――）

ブリギッドは思わず感嘆した。こんな危機的な状況でも、ニーシャの声は清らかで美しい。

（それにこの歌。シイーナレ一族に伝えられた歌。キアン猊下《げいか》の獣化を止められるのは、これしかないと気がついたのね）

ニーシャの咄嗟の機転にブリギッドは感心する。

キアンは思わず動きを止め、ニーシャを見た。

「は、は、うえ……？」

ニーシャはキアンに怯まず声を張りあげ歌う。

そのすきに逃げようと王太后《おうたいごう》がソロリと動き出すが、キアンはそれに素早く反応した。

「はは、うえ、母上――!!」

雄叫びをあげ、爪の出た手を振り上げる。

「いやー！　バケモノ!!」

王太后《おうたいごう》が叫び、キアンの顔が歪《ゆが》む。

(我が子にバケモノだなんて!)

あまりに残酷《ざんこく》な言葉でブリギッドは耳を疑う。

「また、捨て、るの……か! 母、う、え!!」

キアンが王太后《おうたいごう》に追いすがろうとする。拒絶されてもまだ、母を追う姿は痛々しくさえあった。

「だめです! キアン猊下《げいか》!!」

ブリギッドはキアンの腰にタックルをした。

キアンの姿が切なすぎて、いても立ってもいられなかったのだ。たしかに姿は獰猛《どうもう》な獅子《しし》だが、中身は母の愛を求める子どもにしか見えない。キアンが幼くして大聖堂へ送られたことは周知の事実で、もちろんブリギッドも知っていた。

親の愛を受けられなかった子どもの生きにくさも、教員だった彼女は理解している。その報われぬ思いが暴力となって発露《はつろ》することも、その暴力が自分自身の未来を傷つけることも。

(きっと、王太后《おうたいごう》陛下を傷つけたら、キアン猊下《げいか》も後悔するわ! 止めなくちゃ)

「やめて、もうやめましょう。キアン猊下《げいか》!」

獣化して力強くなったキアンはチラリとブリギッドを見たが、気にせず王太后《おうたいごう》に向かった。王太《おうたい》后《ごう》は腰を抜かし、その場で動けなくなっている。

「待って、母上、待って」

ディアミドは突き進もうとするキアンを抑える。

ブリギッドはキアンの腰に抱きつき、声を張りあげニーシャの歌を歌った。その歌声は、ニーシャの声と絡まりあう。

そして、ニーシャは新たな歌詞を続けた。

(ニーシャが新しい歌詞を？　きっと、シイーナレ族で歌い継がれてきた歌詞なんだわ！)

ブリギッドも必死で聞き取り、それを歌う。

「かの巫女は見る。獅子《しし》の王。気高き神の血を引く者。暁《あかつき》の乙女の腕《かいな》に抱かれ、飢える心を風にそよがせ——」

キアンの動きがピタリと止まる。そして、ヒクリとキアンが王太后《おうたいごう》に向かって指を動かした。

王太后《おうたいごう》はヒッと息を呑む。

「……母上、捨てないで……」

キアンはひと言そうもらすと、涙をポロリと零しその場にグズグズと倒れた。獅子《しし》の耳と尾は消え、もとのキアンに戻っていく。

王太后《おうたいごう》は呆然として、もう逃げるそぶりは見せなかった。その頬には静かに涙が流れている。

聖堂内はシンと静まりかえった。

「……獣化が収まった……」

ブリギッドはホッとする。キアンを押さえこんでいた手を離し、ニーシャを見る。怪我ひとつないニーシャを見て安心すると、その場にヘナヘナと座り込んだ。

「ニーシャが無事でよかった……」

脱力したように笑うブリギッドのもとへ、ニーシャは駆け出し抱きついた。

「ママ、ごめんなさい。秘密だって言ったのに……」

ニーシャの青い瞳から涙がポロリと転がり落ちた。

ブリギッドはニーシャをギュッと抱きしめる。フルフルと震え、ヘニョリと垂れた耳が愛おしい。

(こんなに震えて怖かったでしょうに……。ニーシャは私たちのために頑張ってくれたのね。なんて尊いの……!)

誇らしい思いで胸がはち切れんばかりになる。スリスリと頬を押しつけた。

「違うわ。ニーシャ。あなたは立派よ。よく気がついたわね。自慢の息子よ、ニーシャ」

「ああ、そうだ。ニーシャ、お前はすごい」

ディアミドもそう褒めて、ニーシャの頭をグリグリと撫でまわす。

ニーシャは潤む瞳でうれしそうに微笑んだ。

ディアミドは、ひと息つくとキアンに向かって歩いていった。その表情はブリギッドたちに向けたものとは正反対で、鬼神のごとき形相《ぎょうそう》だ。

そのとき、王太后《おうたいごう》はずりばいでキアンへ近づいていく。

「侯爵夫人殺害未遂……そのほか罪はたくさんあるが……、王太后《おうたいごう》陛下殺害未遂にて成敗する」

ディアミドは剣を振り上げ告げる。すると、王太后《おうたいごう》はキアンの上に覆い被さった。

「この子は、王太后《おうたいごう》を殺そうとしたのではない、母を、母を求めただけです」

震える声で、キアンの背に顔を埋める。

「しかし、王太后《おうたいごう》陛下、明らかな叛逆です」

大司教が言うと、王太后《おうたいごう》はキアンの背に顔を押しつけブンブンと頭を振った。結い上げられた髪が乱れるのもかまわずに、王太后《おうたいごう》としての威厳も顧みずに、母として懇願する。

「大司教、フローズヴィトニル侯爵、お願いです。どうか、どうか……。この子の罪は私が償います、だからどうか」

王太后《おうたいごう》の姿に、大司教とディアミドは顔を見合わせた。

大司教はため息をつき、ディアミドに一度引くよう目配せした。

相手は王族出身の司教である。しかも、危害を加えられた王太后《おうたいごう》自身が罪に問わないと言っているのだ。即刻処刑を強行しては、ディアミドの判断について疑惑を持たれる可能性もある。

しかし、ディアミドが振り上げた剣はまだ下ろされない。許せないのだ。

(許されるなら、王太后《おうたいごう》ごと切り捨ててやりたい)

激しい怒りに震える拳に、ふと温かいものが触れた。

――ブリギッドである。

ブリギッドはディアミドの手を両手で包みさすった。そして、彼の黄金の瞳を見つめる。

「ブリギッド……」

「ディアミド、今はいったん剣をおろしてくれませんか?」

「でも、コイツはあなたとニーシャを危険な目に遭わせたんだぞ!」

怒り心頭なディアミドの姿に、ブリギッドは笑う。

（こんなに本気で怒ってくれるなんて、結婚したばかりのころの私なら想像もできなかったでしょうね）

そう思うとなんだかくすぐったい気持ちになって、自然と頬が緩んでしまう。

「笑いごとじゃない！」

「違います！　だって、ディアミドのほうがずっと苦しかったはずなのに。私たちのために怒ってくれるのがうれしくて」

ブリギッドの言葉に、ディアミドはポカンとする。

その姿すらブリギッドには微笑ましく思えた。出会ったばかりのころは、ニーシャの気持ちより自分を優先する我儘《わがまま》な人だと思っていた。ニーシャの父としてやっていけるのか、不安ですらあったのだ。

それが今では、自分の命をかけニーシャを守り、自分のことのように怒っている。誰がなんといおうと立派な父親だ。

「怒ってうれしい……？」

「はい。うれしいです」

ブリギッドの言葉に、温かい体温に、ディアミドの怒気がそがれていく。

「でも、今はやめてください。ニーシャに残酷《ざんこく》な場面を見せたくないんです」

ブリギッドがお願いすると、ディアミドは肩をすくめた。

「……また、ニーシャか」

そう言うと、鼻で笑い剣を振るって鞘に収めた。

「ありがとう、フローズヴィトニル侯爵」

王太后《おうたいごう》は涙ながらに礼を言った。

「我が愛おしい妻の願いを聞き入れるだけです。罪はなくなりません。あるべき場で、厳正な処分を受けていただきます」

ディアミドはそう答えると、聖騎士隊《せいきしたい》にキアンの拘束を命じた。

ブリギッドは、自分の意見を聞き入れてくれたことにホッとする。そして、王族相手であっても怯まずに、処分を求める凛々しい姿に惚れ惚れとした。

偽装結婚と疑われないため、何度か言われたことのある『愛おしい妻』というセリフ。それが今は真実のように聞こえてきて、なぜだか胸がいっぱいになる。

（終わりは決まっているのに、嘘だとわかっているのに、うれしいのはなんでかしら？）

ブリギッドは自分の気持ちがわからずに不思議に思いながらも満たされていた。

第十一章　満月はもう怖くない

あれから、五ヶ月ほどたった春の丘である。

ブリギッドたちはフローズヴィトニル侯爵家領地の花咲く丘で、一家団欒《いっかだんらん》を楽しんでいた。グルアたちも招待し、旅行もかねて領地での休日を楽しんでいる。

丘に広げられた青い布に、白いバスケット。もちろん、ブリギッドの推し、ニーシャの色である。

ブリギッド手作りのサンドイッチやスコーンはあっという間に食されて、バスケットの中は空っぽだ。

ニーシャは、グルアとクリドナと一緒に丘で遊んでいる。

タンポポの綿毛を吹き飛ばし、綿毛が自分の狼の耳について慌てる。綿毛を持ったまま綿毛を取ろうとするものだから、さらに被害が広がった。くすぐったいのかパタパタと耳を動かし、尻尾《しっぽ》も動かし、めちゃくちゃに取ろうとしてタンポポ畑にひっくり返る。

バッと綿毛が飛び立って、ニーシャはびっくりしたように空を見上げた。ほのぼのと空が赤らんでくる。夕焼けだ。

（ニーシャきゅん……かわいい……）

春風に吹かれながら、幸せを絵に描いたような風景にブリギッドはうっとりと目を細める。

「キアンの処遇が決まった。ニヴルヘル塔で終身刑だそうだ」

ブリギッドの隣に腰かけていたディアミドがぶっきらぼうに告げた。ニヴルヘル塔とは高貴な罪人が幽閉《ゆうへい》されると有名な塔で、いわゆる監獄である。孤島にあり、陸との行き来は制限されていた。

この場の風景とは相反する殺伐《さつばつ》とした話だ。

「少し気の毒ですね」

ブリギッドが言うと、ディアミドは盛大に口をひしゃげさせた。

「どこが！　死刑になるべきだ!!」

そう言い放ち、怒りながら指折り数える。

「侯爵夫人殺人未遂、禁忌の古代秘宝《アーティファクト》の盗用、モンスター寄せ香《こう》の不正利用、侯爵子息に対する成人秘蹟の詐欺、グリンブルスティ子爵夫人の鎮静力の抽出は暴行にあたる。本来なら王太后《おうたいごう》陛下への殺人未遂でその場で斬首もできたのに!!　クソが!!」

ブリギッドは、ディアミドの勢いに苦笑する。

「アハハハハ、まぁまぁ……」

「ブリギッド！　あなたは殺されかけたんだぞ!!　そのくせ、キアンのヤツ、あなたに恋文めいた物を送ってきやがって!!」

キアンはブリギッドの力により自分を取り戻し、罪を認めた。その後、自分を人に戻してくれたブリギッドへ謝意と感謝の手紙を送ってきたのだ。

「あれは、お礼状ですよ」

「お礼状だと⁉　全財産をあなたに譲って？　『今後の祈りは君に捧《ささ》げる』『君をずっと忘れない』、そのうえ、『ディアミドより先に君に会いたかった』などと！　どの面下げて‼」

ディアミドは怒り心頭だ。

「まぁまぁ、キアン猊下《げいか》の財産で、子どものための基金を設立できましたし、王太后陛下《おうたいごう》が代表となってくれることが決まりました。私が直接あの人と関わることはないですし、何か受け取るつもりはないです。もう二度と会うこともないでしょう」

「次、会うことがあったらその場で斬る」

「でも、よい落とし所だったと思いますよ」

「何がだ」

「あの場で起こったことは、秘密になりましたから」

キアンは表向き禁忌の古代秘宝《アーティファクト》の窃盗と、モンスター寄せ香《こう》の横流しの罪で罰せられることになったのだ。

「たしかに、あなたが〝暁《あかつき》の乙女〟だと公《おおやけ》にならずにすんだのは幸いだった」

ディアミドはしぶしぶというようにうなずいた。

「ディアミドの獣化も公《おおやけ》にならなくてよかったじゃないですか」

「ああ、そうか。そうだな」

まるですっかり忘れていたかのような口ぶりに、ブリギッドは笑った。

「行方不明だった、ディアミドのお兄様や私の父についても、王家の密命を受けていたことになって、殉職《じゅんしょく》扱いで役職も上がり、出なかった分のお賃金も合わせてもらいましたし、遺族年金だって出るんです！」

ブリギッドは指先でお金のマークを作り、嬉々として力説する。

「そういえば、守銭奴《しゅせんど》だったな」

ディアミドには指のジェスチャーの意味はわからなかったが、きっといい意味にちがいないと思い軽く笑った。

「これで、契約終了後も安心して暮らせるわ～」

ブリギッドがホクホクした顔で言うと、ディアミドは顔が青くなりバッと立ち上がった。

「契約終了⁉」

「はい。期限はまだ先ですけど。……どうかしました？」

ブリギッドはキョトンとし小首をかしげる。

ディアミドは息を呑み胸元を握りしめた。心臓が凍りついたように痛い。

「ママぁ～！」

そのとき、綿毛だらけのニーシャがブリギッドを呼んだ。タンポポの綿毛がついていることはもう気にしないらしい。

「ママも一緒に遊ぼう！」

「もちろんよ！　ニーシャ‼」

ブリギッドはシャキンと立ち上がり、綿毛が舞い散る中、ニーシャのもとへ駆けていく。

ディアミドはそれを眩しげに見る。

「……こんなことなら、偽装結婚などしなければよかった……」

ボソリとつぶやくと、脇に控えていた執事がひっそりと答えた。

「旦那様、まだお時間はございます」

「……そうだな。契約が切れるまでに本物にすればよい」

ディアミドの黄金の瞳がキラリと輝く。まさに狩りに挑む猛獣のそれで、執事は小さく微笑んだ。

ブリギッドはタンポポの花粉がついて黄色くなったニーシャの鼻先を拭ってやる。しかし、タンポポの花粉は落ちない。ゴシゴシと擦るブリギッドに、ニーシャはくすぐったそうに目を細めた。

「ママぁ、あのね、僕ね……」

後ろで手を組んだニーシャがモジモジしながら、ブリギッドを見上げる。

「どうしたの？　ニーシャ。トイレ？」

ブリギッドが尋ねると、ニーシャはブンブンと首を横に振った。

「違うの。あのね……？」

青い瞳で上目遣いをしてくるニーシャのあまりの可愛らしさにブリギッドはクラクラとした。

「これ、もらってください!!」

ニーシャは後ろに隠し持っていたタンポポで作った指輪を取り出した。そして、顔を真っ赤にしブリギッドに捧《ささ》げる。

「つはうぅ！　殺され……推しに、殺され……」

ブリギッドの心肺停止案件である。

「……ママ……？　だめ？」

ニーシャは、キューンとして泣き出しそうに尋ねる。

「だめくない、いや、いい！　最高、ごちそうさまです……」

ニーシャはパアァァと笑顔になる。

「それじゃ、あのね、そのね……？　ひ、左手……出して？」

ニーシャに言われるがまま、ブリギッドは左手を出す。

ニーシャはブリギッドの薬指にある仮初《かりそめ》の結婚指輪の上に、タンポポで作った指輪を嵌めた。

「っ……!?　!!」

ブリギッドはヒュッと息を呑む。今度こそ心臓が止まりそうだ。

ニーシャは小首をかしげて、照れたようにニコリと笑った。

「あのね、えっとね？　大好きな人にはここに指輪をあげるんでしょう？　ずっと仲良くする約束！」

ブリギッドはコクコクとうなずく。

「だからね、ママにあげるの！」

ニーシャは真っ赤な顔をして、全開の笑顔を咲かせた。

ブリギッドはあまりの尊さに気を失いかけるが、踏ん張る。思いを伝えずに、昇天するわけにはいかない。

「ニーシャ……！　ありがとう!!　大好き!!」

ニーシャをギュッとかき抱き、思いの丈を全身全霊で伝える。

「ニーシャは私の生きる希望なの。ニーシャ、生まれてきてくれてありがとう。愛してるわ」

ブリギッドに抱かれて、ニーシャはブンブンと尻尾《しっぽ》を振った。

「……僕、生まれてきてよかった」

ニーシャは鼻声でつぶやくと、ブリギッドをギュッと抱きしめ返した。

幼いころの記憶は少ない。わずかな記憶の多くは寂しく苦しいものだ。オグマと別れてからは、ひとりで何度も泣いた。ひとりで歌い、ひとりで涙を拭った。

でも、今はブリギッドがいる。頬を伝う涙はブリギッドが乾かしてくれる。歌を歌えば、ピアノを弾いて一緒に歌ってくれる。

「大好き。世界で一番好き」

「私はもっと、もっと好き」

ニーシャが愛を告白すれば、ブリギッドは断言するように応じた。

抱きしめあうふたりの上に、黒い影が落ちた。

――ディアミドである。ディアミドはブリギッドを背中から包みこんだ。そして、ブリギッドの耳元で小さくささやく。

「ずるいぞ」

低く深い声が、まるで拗ねたように甘い音を奏でる。

ブリギッドはドキリと胸を高鳴らせた。

(やだ！　まるで私のことが好きみたいじゃない！　違う！　違う!!　私がニーシャを抱っこするのがズルイって意味よね？)

そんなわけがないと、勘違いしてはいけないとブリギッドは頭を振った。

「ああ、ごめんなさい！　ディアミドもニーシャを抱っこしたいですよね？」

ブリギッドがアワアワと答えると、ディアミドは眉をひそめる。

彼はブリギッドの力によってもう二度と獣化することはなくなった。正式な成人秘蹟を受けた者と変わらなくなったのだ。

(だからこそわかる。荒れ狂う獣のような胸のざわめきは、獣性の暴走ではない。嫉妬だ)

ディアミドはニーシャに嫉妬したのだが、ブリギッドにはまるで伝わっていない。

ため息をついたとき、その左薬指に気がつく。仮初《かりそめ》の結婚指輪の上にタンポポの指輪がつけられていて、心穏やかではいられない。

「……これはなんだ？」

ディアミドが問うと、ブリギッドはうれしそうに自慢する。

「ニーシャがくれたんです！」

「ママのことが大好きだからあげたの。ずっと、ずっと、一緒にいるの！」

ニーシャは照れながら赤くなった頬をほころばせた。

ディアミドは乾いた笑いをニーシャに向けた。

「残念だったな。ニーシャ。この下にある指輪は俺が贈ったものだ。ブリギッドは俺と先に約束したんだぞ」

ニーシャはそれを聞き、ペシャンと耳を垂らした。さっきまで元気いっぱいだった尻尾《しっぽ》も、へなりと垂れて丸まってしまう。

「ちょっと！　ディアミド!!　何大人げないことを言ってるんですか？」

ブリギッドがディアミドを睨みつけると、彼は悦に入る。ブリギッドの視線が自分に向けられ満足したのだ。

ディアミドはブリギッドの左手を持つと、仮初《かりそめ》の指輪に唇を寄せた。ニーシャに見せつけるように、音を立ててキスをする。

「いつまでもそばにいる、ブリギッド。改めてあなたに誓う」

ディアミドはそう言って、ブリギッドを上目遣いで見た。

その大人の色気に、ブリギッドは頭がパニックになる。

「へ？　はい？　えぇ!?」

(え？　何？　だって、七年契約で……でも、ニーシャも一緒なら……)

顔を真っ赤にしてうろたえているブリギッドを横目に、ディアミドは追い打ちをかけた。

「だから、ニーシャ、俺もずっと一緒にいる」

ディアミドが宣言すると、ニーシャは驚いたように目をしばたたかせた。

一瞬間を置いてから、ニーシャは破顔した。

「うん！　パパも一緒‼」

ディアミドはドヤ顔でブリギッドを見た。

ブリギッドは理解が追いつかないながらも、ニーシャが幸せならそれでいいかとフワフワと考える。特に好きな相手がいるわけでもなく、ディアミドのことはにくからず思っているからだ。

（にくからず……？　そうかしら？　どちらかというと可愛い、かな？）

ブリギッドはそう思い、ディアミドを眺めた。

そして、あることに気がついて噴きだした。

「ディアミド、鼻の脇にタンポポの花粉がついています」

指輪に口づけた際に、ニーシャの作ったタンポポの指輪に触れ、それが鼻の脇についたのだ。

「ふたりともおそろいね。かわいい！」

ブリギッドに指摘され、ニーシャとディアミドは顔を見合わせた。そして、お互いに笑いあう。

「ほんとう！」

「本当だ」

ふたりは同時にギュッとブリギッドを抱きしめた。

「本当に仲がよい家族ね」

「ほんと、ほんと！」

クリドナとグルアがやってきて、わいわいと冷やかす。

義母の前で少し気まずさを覚えたディアミドはブリギッドから少しだけ離れる。夕焼け色に染まった頬で照れ笑いした。そして、片手をブリギッドに差し出す。

「さあ、帰ろうか」

ブリギッドはその手を取ると、自分の手をニーシャに差し出す。

ニーシャはうれしそうにブリギッドの手を握った。

足元には長い影が伸びている。ブリギッドを中心に両脇にディアミドとニーシャの影だ。

少しくすぐったい気分で、ブリギッドは手を振った。すると、ニーシャは応えるように手と尻尾《しっぽ》を揺らして歌い出す。家路に向かう歌だ。

夕焼けの空にタンポポの綿毛が旅立っていく。宵の明星を先導するように、ナイチンゲールが羽ばたいていった。

鳥の影を追うようにディアミドが振り返ると、紫色に染まりはじめた山間に、満月が顔を出し始めている。

(満月はもう怖くない。君がいてくれるから)

ディアミドはそう思い、ブリギッドを愛おしく見つめた。

「あ！　お月様がついてくるよ」

ニーシャが、ディアミドにつられるようにして振り返り、空を指した。

「パパの瞳みたいだね」

ニーシャは屈託なく笑う。ブリギッドも空を仰ぐ。そして、ニーシャに出会った日に見た空を思い出していた。

「そうね、ディアミドが見守ってくれていると思ったら、夜道だって怖くないわね」

「うん!!」

ブリギッドが言うと、ニーシャは大きくうなずいた。

「どこまでも、ずっと一緒に歩いていけるわ」

ブリギッドとニーシャは結んだ手を振りながら、「ねー!」と顔を見合わせて笑った。

ディアミドはそれを聞き、こそばゆい気持ちで顔を背けて首を掻いた。

「そうか、ずっと一緒か……」

ディアミドが復唱し、繋いだ手に力を込める。

ブリギッドは驚いて、ディアミドを見上げた。

(偽装結婚の妻のくせに、『ずっと』だなんて言ったから、ディアミドは怒ってるのかしら?)

窺うように見上げた視線と、ディアミドの視線がかち合う。ディアミドはその瞬間、満足げに微笑んだ。

「……そうだな。ずっと、……あなたを守るよ」

腰が砕けそうなほど深く甘いディアミドの声に、ブリギッドは思わず赤面した。反射的に繋いだ手の力が抜ける。すると、放すまいというように、結ぶ手にさらに力を込められた。

(ちょ、ディアミドの仲良し演技、最近上達しすぎじゃない？　いい返事が咄嗟に出てこないじゃない！)

ブリギッドは動揺と羞恥で耳までジンジンと熱くなった。繋いだ手に熱を感じて、返事に困りディアミドを睨むことしかできない。

ディアミドはそんな彼女を優しげな瞳で見つめるばかりだ。

「ママ、パパばっかり見ないで、僕も見て？」

ニーシャはむくれると、ブリギッドの手を引っ張った。

「っ！　おま‼」

ディアミドがニーシャを咎めるように軽く睨む。

ニーシャはディアミドを無視して、ブリギッドに向かってプクッと頬を膨らませ指をさし、首をかしげてみせた。

そのあざと可愛い仕草に、ブリギッドの理性は吹っ飛んだ。繋いでいたディアミドの手を払い、ニーシャを抱きしめる。グリグリと頭に顔を埋め、さりげなくクンクンと匂いを嗅いだ。

「はぅ……。ニーシャ……。なんて可愛いのっ！　世界一！　宇宙一愛してる‼」

ブリギッドの叫びを聞き、ディアミドは肩をすくめ小さくため息をついた。

ニーシャは満足げに微笑むと、安心したかのようにブリギッドの胸に顔を埋める。

「僕もママが一番好き！」

ニーシャの答えにブリギッドは身悶える。

(あぁぁぁぁ！　推しの継母、最高ですぅぅぅ！)

ブリギッドは喜びを噛みしめるように、ニーシャを強く抱きしめ堪能する。

夕空に浮かぶ黄金の月の隣には、一番星が輝いていた。

新＊感＊覚 ファンタジー！

レジーナブックス Regina

レジーナブックス Regina

**手に入れたのは
真実の愛!?**

「お前は魔女にでもなるつもりか」
と蔑まれ国を追放された
王女だけど、精霊たちに
愛されて幸せです

四馬《しば》タ
イラスト：にわ田

精霊を見ることが出来るが故に、家族に虐げられていた王女メアリ。婚約破棄の挙句、国外追放となった彼女は『魔の森』に置き去りにされる。森で生きると決意するメアリだが、突如現れた精霊たちのおかげでその生活は快適なものに！　そんなある日、森に一人の少年が迷い込んできて——？　予期せぬ出会いが引き寄せたのは、真実の愛と波乱の予感⁉　虐げられ令嬢の逆転爽快ファンタジー、開幕！

詳しくは公式サイトにてご確認ください。
https://www.regina-books.com/

新＊感＊覚ファンタジー！

レジーナブックス Regina

レジーナブックス Regina

錬金術師を極めて無双します!

ぶっ壊れ錬金術師《チート・アルケミスト》はいつか本気を出してみた

魔導と科学を極めたら異世界最強になりました

赤白玉《あかしらたま》ゆずる

イラスト：冬海煌

勇者の転生に巻き込まれてしまったリーヴェ・シェルムが女神からお詫びとしてもらったのは、色んな魔導具が製作できるスキル『魔導器創造』だった。前世で優秀な科学者だったリーヴェはスキルを上手く活用し、チートな錬金術師として異世界を自由気ままに生きていく。そんなある日、欲深い商人の悪徳商売を邪魔したら目をつけられてしまって……？　リケジョがスキルを駆使して異世界を暴れまくります！

詳しくは公式サイトにてご確認ください。

https://www.regina-books.com/

新＊感＊覚ファンタジー！

Regina レジーナブックス

チート魔道具で優雅に逃亡中!

どうぞお続けになって下さい。
浮気者の王子を捨てて、拾った子供と旅に出ます

iBuKi《いぶき》
イラスト：UIIV ◇

婚約者に浮気された衝撃で前世の記憶を思い出した侯爵令嬢レティシア。彼女は自分が規格外な魔道具を制作できると気づき、密かに逃亡計画を立てた。浮気の証拠を置き土産に、華麗に隣国へ向かうのだ！　計画通りに事を進め、正体を偽り老婆の姿でこっそり国を出る彼女の前に現れたのは、以前助けた少年レナト。レティシアを慕う彼を旅の道連れに、見た目は老婆と孫な二人のまったり旅がはじまるのだった——

詳しくは公式サイトにてご確認ください。
https://www.regina-books.com/

新＊感＊覚ファンタジー！

Regina レジーナブックス

レジーナブックス Regina

お飾り皇后の
逆転劇!!

最愛の側妃だけを愛する旦那様、あなたの愛は要りません

abang《あばん》
イラスト：アメノ

歴史ある帝国に嫁いだ元新興国の第一王女イザベラは、側妃達の情報操作により、お飾りの皇后の位置に追いやられていた。ある日、自分への冷遇が国を乗っ取ろうとする計画の一端だと知り、国民を守るために抗うことに。母国を頼ることも検討し始めた頃、兄と共に幼馴染である母国の公爵キリアンが加勢にやってくる。孤軍奮闘するイザベラを、キリアンは優しく支えてくれて……

詳しくは公式サイトにてご確認ください。
https://www.regina-books.com/

新＊感＊覚 ファンタジー！

レジーナブックス
Regina

レジーナブックス Regina

愛されない女は卒業します!?

王女殿下を優先する
婚約者に愛想が尽きました
もう貴方に未練はありません！

灰銀猫《はいぎんねこ》
イラスト：綾瀬

長年、王女の近衛騎士である婚約者に後回しにされ続け、悪意ある噂に晒されてきた侯爵令嬢のヴィオラ。17歳の誕生日も婚約者は王女を優先し、その結果、とうとう婚約を破棄することに。婚約破棄直後、ヴィオラは親友の公爵令嬢にある男性を紹介される。そのお相手は、なんと大国の王子殿下であり、彼は以前ヴィオラに助けられて以来、ずっと想っているのだと言い出し――!?

詳しくは公式サイトにてご確認ください。
https://www.regina-books.com/

新＊感＊覚ファンタジー！

レジーナブックス Regina

運命の出会いは
ヤケ酒から!?

浮気されて婚約破棄したので、隣国の王子様と幸せになります

当麻《とうま》リコ
イラスト：煮たか

婚約者の浮気により婚約破棄となった、不遇な公爵令嬢ミシェル。今まで頑張って淑女のフリを続けてきたけれど、これからはどうせ腫物扱いされてロクな嫁入り先も見つからない……。そう考えたミシェルは猫を被ることをやめ、自分らしく生きていこうと決意！　婚約破棄の憂さ晴らしとして、ミシェルが自邸の庭園でひとりヤケ酒していると、謎の美しい青年・ヴィンセントが迷い込んできて——!?

詳しくは公式サイトにてご確認ください。

https://www.regina-books.com/

新 ＊ 感 ＊ 覚 ファンタジー！

Regina レジーナブックス

レジーナブックス Regina

不遇な姉、
異世界で人生大逆転!?

聖女の姉ですが、宰相閣下は無能な妹より私がお好きなようですよ？ 1～3

渡邊《わたなべ》香梨《かりん》

イラスト：甘塩コメコ

わがままで何もできない妹のマナから逃げ出したはずが何者かによって異世界に召喚されてしまったレイナ。話を聞くと、なんと当の妹が「聖女」として異世界に呼ばれ、その世話係としてレイナが呼ばれたそうだ。ようやく抜け出せたのに、再び妹のお守りなんて冗談じゃない！　そう激怒した彼女は、とある反乱計画を考案する。するとひょんなことからその計画に宰相のエドヴァルドが加わって――？

詳しくは公式サイトにてご確認ください。

https://www.regina-books.com/

新＊感＊覚　ファンタジー！

Regina レジーナブックス

どん底令嬢、
竜の番《つがい》になる!?

婚約破棄された目隠れ令嬢は白金の竜王に溺愛される 1～2

高遠《たかとお》すばる
イラスト：1巻：凪かすみ
2巻：フルーツパンチ。

義理の家族に虐げられている伯爵令嬢リオン。その上、初恋の君である第一王子を義妹に奪われ、婚約破棄された挙句に国外追放も告げられてしまう。――だれか、助けて。そう呟いたリオンを救ってくれたのは、世界最強の竜王。彼はリオンを「愛しい番《つがい》」と呼び、大きすぎる愛情を向けてくる。それから、絶望だらけだったリオンの人生が変わり始めて――？

詳しくは公式サイトにてご確認ください。
https://www.regina-books.com/

この作品に対する皆様のご意見・ご感想をお待ちしております。
おハガキ・お手紙は以下の宛先にお送りください。
【宛先】
〒150-6019 東京都渋谷区恵比寿4-20-3 恵比寿ｶﾞｰﾃﾞﾝﾌﾟﾚｲｽﾀﾜｰ 19F
（株）アルファポリス　書籍感想係

メールフォームでのご意見・ご感想は右のＱＲコードから、
あるいは以下のワードで検索をかけてください。

アルファポリス　書籍の感想　検索

ご感想はこちらから

本書は、「アルファポリス」（https://www.alphapolis.co.jp/）に掲載されていたものを
改稿、加筆のうえ、書籍化したものです。

推《お》しの継母《ままはは》になるためならば、喜《よろこ》んで偽《ぎ》装結婚《そうけっこん》いたします！

藍上イオタ（あいうえ いおた）

2024年 4月 5日初版発行

編集－境田 陽・森 順子
編集長－倉持真理
発行者－梶本雄介
発行所－株式会社アルファポリス
〒150-6019 東京都渋谷区恵比寿4-20-3 恵比寿ｶﾞｰﾃﾞﾝﾌﾟﾚｲｽﾀﾜｰ19F
TEL 03-6277-1601（営業） 03-6277-1602（編集）
URL https://www.alphapolis.co.jp/
発売元－株式会社星雲社（共同出版社・流通責任出版社）
〒112-0005 東京都文京区水道1-3-30
TEL 03-3868-3275
装丁・本文イラスト－たすく
装丁デザイン－AFTERGLOW
（レーベルフォーマットデザイン―ansyyqdesign）
印刷－図書印刷株式会社

価格はカバーに表示されてあります。
落丁乱丁の場合はアルファポリスまでご連絡ください。
送料は小社負担でお取り替えします。
©Iota Aiue 2024.Printed in Japan
ISBN978-4-434-33504-4 C0093